KB091208

치즈 맛이 나니까

치즈 맛이 난다고 했을 뿐인데

 005 **치즈**

치즈 맛이 나니까
치즈 맛이 난다고 했을 뿐인데
김민철

;

카메라 앞에서 다들 한번쯤 이렇게 말해보지 않았나요. "치즈!" 그렇게 우렁차게 발음하다 보면 입꼬리는 자동적으로 슬며시 올라가고, 아마도 그 순간 여지없이 셔터는 눌렸을 거예요. 비슷한 처방으로는 "김치!"가 있습니다. 오죽하면 <김치 치즈 스마일>이라는 제목의 드라마가 다 있었을까요.

이 두 가지의 공통점이 있다면, 발음하면 실쭉 입꼬리가 올라간다는 것뿐 아니라 입에 넣는 순간 마음에도 미소가 절로 번진다는 것입니다. 대한민국 사람이라면 대체로 누구나 좋아하는 맛. 아니, 정확히는 싫어하기 힘든 맛.

그런데 만약 두 가지가 함께라면? 주로 김치치즈 철판볶음밥, 김치치즈 알밥, 김치치즈 돈가스나베 등 김치를 넣어 뜨끈하게 만든 요리 위에 모차렐라 치즈를 듬뿍 올린 다국적 혼종의 형상을 하고 있지만, 원래부터 함께 먹어야 하는 음식이었던 것처럼 묘하게 잘 어울립니다. 김치의 매운 맛을 치즈의 담백함으로 감싸주고, 치즈의 느끼함을 김치의 알싸함으로 덮어주지요. 이 책에서 말하는 "한식의 5대 재료, 간장, 된장, 고추장, 김치, 그리고 치즈."는 우스갯소리가 아니라 진실에 가깝습니다.

여기서 다루고 있는 치즈는 비단 한식 위에 토핑처럼 올라가는 모차렐라 치즈뿐 아니라, 그 종류만 해도 헤아릴 수 없이 다양하고 풍미 또한 다채롭습니다. 치즈라는 식재료 자체는 대중적이지만 조금만 파고들어도 그 세계가 깊고 오묘해진다는 점에서 와인과도 비슷한 점이 많은 것 같아요. 치즈는 그렇게 김치의 짝꿍이었다가 와인의 짝꿍이었다가, 전 세계인의 입맛을 사로잡았습니다.

오로지 치즈를 좋아하는 까닭으로 일어난 일들은 각각의 치즈만큼이나 고유하고 또 매력적입니다. 좋아하는 것, 그러니까 치즈를 매개로 인생을 조금 더 괜찮은 쪽으로 데려가려는 삶의 태도는, 분명한 취향 하나만으로 부자가 될 수 있음을 일깨워주네요. 그리고 마지막에는 저자가 추천하는 치즈 리스트가 수록되어 있으니, 각자 취향에 맞고 구미가 당기는 대로 '방구석 치즈 여행'을 떠나보기를 권합니다.

그나저나 '김치치즈'로 시작하는 신종 메뉴가 이토록 많아질 줄 조선시대 한반도의 김치와 그 시절 구라파의 치즈는 짐작이나 했을까요.

Editor 김지향

차례 ————

프롤로그 그러니까 치즈처럼　8

무려 엄마, 겨우 딸　14

한명자의 간장 안 뺀 된장　20

구멍 뻥뻥 에멘탈　28

불법숙박범의 치즈 사랑　34

민박집의 카망베르　44

카망베르 드 노르망디　54

날카로운 첫 치즈의 기억　62

당신의 업보는 무엇인가요?　68

치즈로 쌈 싸 먹기　76

꿀과 화해한 밤　80

의외의 단짝　88

텅 빈 지갑의 부자   96

프렌치 어니언 수프   106

1유로의 기억   112

감자칼의 이중생활   120

죄책감 극복 프로젝트   126

김장하는 마음으로   134

쉬운 위로   142

축구공 대신 모차렐라   150

젊은 날의 카프레제 샐러드   156

치즈교 극성 신도   162

빈 도화지 같은 맛   168

예민하다니, 부럽습니다   174

지극히 개인적인 치즈 리스트   180

프롤로그

그러니까 치즈처럼

치즈에 관한 책을 쓰고 싶어요, 말했더니 출판사 에디터가 말했다.

"아, 치즈랑 와인 마시는 이야기 쓰시려고요?"

치즈 책 계약서를 들고 에디터가 출판사 사장님에게 갔더니 말했단다.

"김민철 작가는 치즈가 아니라 술 이야기를 써야 하는데?"

치즈 책 계약했어요, 말했더니 회사 사람들이 말했다.

"오, 치즈랑 술이 잘 어울리지. 드디어 술 이야기 쓰려고 그러는구나."

치즈를 주제로 책을 쓰겠다고 했을 뿐인데, 인생을 돌아보게 될 줄은 미처 몰랐다. 하아. 나 어떤 삶을 산 거지? 넋두리를 하며 치즈 한 조각에 와인 한 모금을 하고 싶지만, 오늘만은 정신 차려보겠다. 와인도 저 멀리 치워보겠다. 미안하지만 이건 치즈 책이니까. 치즈에 대한 애정이 모차렐라 치즈 토핑

두 번 추가한 것처럼 주르륵 흘러내리는 책이니까. 모든 이야기가 마치 치즈 크러스트 피자처럼 결국 치즈 먹는 걸로 끝나는 책이니까. 읽다 보니 술 냄새가 살짝 난다고? 기다려보라. 곧이어 치즈의 꼬리꼬리한 냄새가 위풍당당하게 당신을 덮칠 것이니. 급기야 술이 당긴다고? 진정하라. 거듭 말하지만 이건 치즈 책이다.

박연준 시인의 책 제목이 딱 맞다. '인생은 이상하게 흐른다.' 태어났을 때는 엄마 젖도 소화를 못 시켜서 다 토해버렸던 사람이, 중학생이 될 때까지도 우유를 못 먹었던 사람이, 치즈에 관한 책을 쓸 거라고는 아무도 예상하지 못했다. 나조차도 그랬으니까. 하지만 '음식 에세이'를 제안받는 순간 치즈가 떠올랐고, 치즈를 생각하는 순간 수많은 장면들이 스쳐 지나갔다. 네 살 때의 치즈부터 바로 어제의 치즈까지 다 떠올랐다. 그때부터 지금까지 나는 순수하게, 열렬하게, 한결같이, 치즈를 좋아했다.

좋아하는 마음은 얼마나 귀한 것인지. '억지로'가 아니라 '좋아서' 하는 일은 어느샌가 개인의 역사가 되어 있곤 한다. '시간을 내서' 하지 않아도 그것에 자연스럽게 쌓인 시간은 어느새 책 한 권 분량이 되고도 넘친다. 무엇이 되어야겠다는 마음도 없이, 이걸 이용해 뭔가를 하겠다는 야망도 없이, 그냥 좋은 것, 그저 끌리는 것.

그것이 내겐 치즈다. 대단하지 않아도, 깊은 의미 같은 건 없어도 그저 좋아하는 세계가 있어서 나는 종종 스스로 부자라고 느낀다. 그렇게 좋아하는 마음을 좀 더 단단히 쥐어본다. 그렇게 내 삶을 조금 더 좋아하는 쪽으로 이끌어본다.

이 책에는 우리에게 친숙한 슬라이스 치즈부터 이름도 처음 듣는 치즈까지 등장한다. 누군가에게는 완전히 낯선 세계일 것이고, 누군가에게는 이미 익숙한 세계일 것이다. 어쨌거나 겁먹거나 긴장할 필요는 없다. 치즈에 대한 대단한 지식이나 깊이 있는 정보 따위는 없으니까. 대신 자동차 뒷좌석에 느긋이 앉은 기분이면 좋겠다. 치즈광의 치즈 여행에 당신도 지금 막 동참한 거니까. 여유롭게 책을 읽어가다가 문득 낯선 치즈에 도전해보고 싶은 기분이 든다면, 그것만으로도 나는 충분히 기쁠 것 같다.

언젠가 개그맨 김준현 씨가 말했다. 곱창도, 선지국도, 육회도, 산낙지도, 설렁탕도, 그러니까 맛있다고 이름 붙여진 그 모든 것들을 〈맛있는 녀석들〉 때문에 처음 먹어보는 김민경 씨를 향해. 진심을 가득 채운 얼굴로.

"나는 사실 민경이가 부러운 거야. 서른 살 되어서 그 맛있는 내장탕을 처음 탁 먹었을 때, 얼마나 맛있겠어. 아꼈다 아꼈다 이제 처음 맛보는 거잖아."

오늘 처음 낯선 치즈를 먹을지도 모르는 당신에게 이 말을 고스란히 바친다. 이 부러움은 치즈처럼 진하고, 치즈처럼 진심이다.

무려 엄마, 겨우 딸

"나 아침 안 먹을래. 더 잘래."

눈도 뜨지 않고 이불 속으로 파고들며 엄마에게 말했다. 당연히 안 된다 말하겠지. 엄마는 아주 오래 전부터 내가 늦잠 자는 걸 싫어했으니까. 중고등학교 때 주말에 늦잠을 좀 자고 일어나면 늘 냉랭한 엄마를 마주해야 했다. 늦잠은 게으름의 증거였고, 젊은 시절 이후 줄곧 부지런히 새벽부터 밤까지 움직여야 했던 엄마에게는 허락되지 않는 일상이었다. 그래서였을까. 아니면 기대만큼 성적이 나오지 않는 딸이 늦잠까지 자는 게 실망스러워서 그랬던 걸까. 늦잠을 자고 나면 싸늘하게 입을 닫아버리는 엄마의 화를 풀기 위해 나는 오랫동안 노력해야 했다. 그러니 오늘도 별 수확 없는 반항에 그칠 것이다. 여기가 아무리 말레이시아 해변이라도, 아무리 우리가 휴가를 떠나온 거라도, 엄마는 나를 깨워 조식을 먹일 테니까.

하지만 무슨 조화인 걸까. 동남아 햇빛의 마법인 걸까. 엄마가 드디어 회사원이 된 딸의 아침잠을 인정하기로 한 걸까. 회사원 딸의 피곤함이 침대를 뚫을 기세였던 걸까. 엄마는 너무 쉽게 대답했다.

"그래. 더 자라."

엄마는 그대로 방문을 닫고 조식을 먹으러 나갔다. 나는 침대에 누워 이게 무슨 일인지 눈을 두어 번 끔뻑거렸다. 엄마의 대답에 서늘한 바람이 조금이라도 숨어 있나 곱씹어보았다. 하지만 없었다. 그야말로 담백한 대답. "그래. 더 자라." 엄마에게 무슨 변화가 생긴 건지 생각을 좀 해보려 했지만 쉽지 않았다. 회사에서 계속 야근을 하다가 밤 비행기를 타고 말레이시아 코타키나발루에 도착한 지 겨우 이틀 지난 아침이었다. 잠이 나의 눈꺼풀을 무겁게 잡아끌었다. 나는 맥없이 다시 곯아떨어졌다.

"아이구야. 니 아직도 자고 있나? 좀 일어나봐라."

결국 엄마가 나를 깨웠다. 벌써 점심시간이었다. 말레이시아 햇빛이 오전 시간을 다 녹여버린 것이었다. 세수를 하고 나오면서도 하품을 쩍쩍 하는 나를 보며 엄마는 말했다.

"그렇게 자고 또 잠이 오나? 그래도 점심은 묵고 자라."

나는 착한 딸이니까 그 정도는 해줄 수 있지. 엄마에게 무슨 호의를 베푸는 사람마냥 나는 옷만 갈아입고 리조트 식당으로 갔다.

"맞다 맞다. 이거 아까 아침에 니 묵으라꼬 챙겨놨다."

엄마는 언제나처럼 어지러운 엄마의 가방 속을 뒤지기 시작했다.

"아 됐다 마. 지금 점심 시켜놨잖아. 식당에서 그런 거 꺼내면 안 된대이."

나는 뭔지도 모르고 엄마를 타박했다. 엄마는 내 말은 듣는 둥 마는 둥 하며 계속 가방을 뒤지더니 결국 휴지뭉치 하나를 내 앞에 턱 하니 꺼내놓았다. 그 휴지뭉치 위로 수많은 엄마들이 겹쳐졌다. 남의 잔칫집에서 바리바리 떡 싸 오는 엄마, 뷔페에서 일회용 잼 챙기는 엄마, 집에 가서 애들 준다고 따로 봉지에 담는 엄마. 자식 입을 자기 입보다 먼저 생각하는 엄마들의 유구한 역사에 우리 엄마도 당당히 합류하는 순간이었다. 그리고 나도 깍쟁이 딸의 대열에 합류했고. 나는 그 휴지뭉치를 옆으로 치우며 말했다.

"이게 뭐꼬. 내 이따가 묵으께."

"니 이거 좋아하잖아. 내가 일부러 따로 챙겼단 말이야. 사람들이 볼까 봐 막 망 보면서."

엄마는 그 휴지뭉치를 자기 앞으로 끌어당겨 풀기 시작했다. 휴지뭉치 속에서 노란색들이 고개를 내밀기 시작했다. 나는 순식간에 가슴이 뭉클해졌다. 치즈였다. 카망베르 치즈, 체더 치즈, 고다 치즈, 훈제 치즈, 블루치즈까지. 한 종류라도 내가 놓칠까봐, 한 조각이라도 내가 아쉬워할까 봐, 넉넉하게 챙겨놓았다. 휴지 속에 있는 건 아무리 꽁꽁 감춰놓아도 결코 숨겨지지 않는 엄마의 마음이었다.

"아이구야. 말라꼬 이걸 이래 챙기놨나. 내일 아침에 가면 또 있을 낀데."

"없을 수도 있잖아. 그리고 아침도 못 먹었는데 이거라도 묵으라고."

"엄마는 맨날 내보고 살 빼라 그러면서 이런 거 챙기면 우짜노."

"그카니까 말이다. 돼지 딸 살 빠질까 봐 너무 걱정이 돼서 가져왔다 아이가."

그러니까 엄마는 엄마고, 딸은 딸인 거다. 영원히 역전되는 일은 없다. 아무리 내가 엄마를 잘 신경쓴다고 해도, 사람들이 엄마랑 딸이 뒤바뀐 것 같다고 놀려도, 그건 사실이 아니다. 언제나 엄마는 '무려' 엄마고, 딸은 '겨우' 딸인 것이다. 어쩔 수 없이 겨우 딸이라, 간지러운 말은 죽었다 깨어나도 못하는 딸이라, 나는 말로는 툴툴거리면서 입으로는 그 치즈들을 다 먹어치웠다.

그날 점심으로 뭐가 나왔는지는 하나도 기억나지 않는다. 동남아 음식이었는지, 한식이었는지도 기억나지 않는다. 하지만 그 치즈들만은 하나하나 다 기억난다. 점심을 다 남기는 한이 있어도 남길 수 없는 치즈였다. 다음 날 아침 조식엔 결코 나오지 않을, 세상 어디에도 없는 치즈였다.

한명자의 간장 안 뺀 된장

엄마에게 요리란 순전히 우연의 산물이다. 레시피라는 건 그때그때 생겼다 사라지는 것, 오늘의 기분 속에 있는 것. 어제와 똑같은 음식처럼 보여도 방심은 금물이다. 먹어보면 전혀 다른 맛이 나니까. "엄마, 그때 먹은 그거 또 해줘."라고 말하면 어찌나 자신 없는 표정을 짓는지. 자신의 음식을 재현하는 것, 그건 엄마에게 불가능한 일이다. 매번 같은 곳을 향해 달려가지만, 매번 다른 지점에 도착하는 엄마의 요리.

희한하게도 매번 맛은 있다. 물론 그 맛의 비결은 영원히 비밀에 부쳐질 것이다. 엄마는 그걸 '자신의 창의성'으로 포장하려 수십 년간 애를 썼지만, 자식들은 그걸 '우연한 실수'로 받아들인다. 정말로 실수인 맛들도 우리는 많이 봤으니까. 어쨌거나 그 음식을 먹고 우리는 지금까지 자라났다. 동생과 나 둘다 너무나도 건강하게. 아니 어쩌면 지나치게 건장하게.

엄마와 동갑내기인 시어머니에게 요리는 놀이이자 하루 일과의 대부분이다. 어머님의 냉장고들은 각종 밑반찬으로 언제나 터져나가기 일보 직전이고, 김장철이 되면 무려 네 번에 걸쳐 김장을 담그신다. 그뿐만이 아니다. 오이소박이, 열무김치, 깍두기, 동치미, 부추김치, 고들빼기, 그리고 이름도 알 수 없는 김치를 담그시는데, 그것까지 포함하면 어머님에게 적어도 1년에 한 달은 김장철이다. 아파트에 살 때에도 베란다에 장독대가 가득했는데, 귀향을 하신 이후에 장독대는 본격적으로 돌변했다. 사시사철 그 안에서 각종 장들이 종류별로 익어간다. 그리고 그 모든 것이 꽁꽁 포장되어 시누이 집과 우리 집에 도착한다. 어머님 형제분들과 아버님 형제분들, 심지어 요즘은 우리 엄마에게도 어머님의 요리 실력이 어김없이 도착하니 어머님은 도합 몇 집의 냉장고를 책임지고 계신 건지 모르겠다.

처음 결혼을 해서 시댁에 도착했을 때, 나는 식탁 위에 올라온 반찬 개수에 기함을 했다. 남편이 "우리 엄마는 손이 커."라고 말했을 때, 나는 늘 많은 양만 생각했지, 그렇게 많은 가짓수는 상상도 못했다. 우리 집에선 한 번도 본 적 없는 풍경이었다. 심지어 그날의 메인은 회였다. 바닷가 어시장에서 방금 떠 온 싱싱한 회가 식탁 한 가운데 떡하니 있는데 시어머니는 반찬도 그렇게나 많이 꺼내놓으신 거였다. 그리고 거기에 덧붙이시는 한마디.

"어휴, 민철이는 먹을 게 있을지 모르겠다."

나는 회부터 우선 한 점 덥썩 집었다. 새로운 집에 왔으면, 그 집의 가풍에 따라야 했다. 많이 먹을 수밖에 없는 것이다. 하지만 결정적으로 간장 종지가 내 앞에 없었다. 괜히 번거롭게 만들기 싫어서 내 앞에 있는 시커먼 된장에 회를 쿡 찍었다. (경상도에서는 된장 혹은 막장에 회를 찍어 먹는다.) 입에 넣었다. 씹었다. 갑자기 머릿속이 분주해졌다. 당연히 익숙한 맛을 기대하고 있었는데, 너무나도 낯선 맛이 혀 끝을 살짝 스쳤다. 낯설지만 내가 너무 좋아하는 맛. 이게 뭐지? 목구멍으로 다 넘어가기도 전에, 얼른 다시 회를 한 점 더 집었다. 그리고 다시 똑같은 동작을 반복했다. 된장에 회를 쿡 찍고, 입에 넣고, 씹었다. 이번엔 미간을 잔뜩 찌푸리고. 국적을 알 수 없는 맛이 다시 입안을 유영한 후 사라졌다. 손을 뻗어 회를 간장에 찍어 먹어보았다. 이건 익숙한 맛이었다. 그렇다면 이국적인 맛의 범인은 하나. 된장. 바로 된장의 소행이었다.

"어머님, 이거 된장 맞죠?"
"그거? 내가 담근 된장이야."
"맛이 너무 신기해요. 너무너무너무 맛있어요."
"맛있다고 많이 먹으면 안 돼. 간장 안 뺀 된장이라서 많이 짜."
"간장을 안 빼고 된장을 담그기도 해요?"
"나는 간장 뺀 된장도 담그고, 간장 안 뺀 된장도 담그는데… 입에는 좀 맞아?"
"맞는 정도가 아니에요. 어머님, 된장에서 치즈 맛이 나요!"

치즈라니. 며느리는 자기가 아는 최고의 칭찬을 했지만 어머님은 고개를 갸웃하셨다. 그런 반응은 처음이었으니까. '치즈'라는 말을 들으면 노란 슬라이스 치즈나 쭉쭉 늘어나는 모차렐라 치즈부터 떠오르는 어머님에게는 완전 뚱딴지 같은 소리였을 것이다. 하지만 분명 치즈였다. 잘 숙성되어 쿰쿰한 맛을 내는 치즈들. 하얀 곰팡이가 겉을 감싸고 있는 카망베르 치즈나, 푸른곰팡이가 점박이처럼 박혀 있는 블루치즈 같은. 그 치즈들의 끝맛과 된장의 끝맛이 절묘하게 같았다. 하긴 된장도 발효식품이고 치즈도 발효식품이니 그 둘 사이에 비슷한 맛이 스친다 해도 이상한 일은 아니었다. 하지만 치즈 맛이 나는 된장에 반해 저녁 내내 모든 것을 된장에 찍어 먹다가 결국 한 종지를 다 비운 나는 확실히 이상한 사람이었다. 된장을 먹느라 다른 반찬은 거의 손도 못 댔다. 어머님은 결국 말씀하셨다.

"아이고, 그걸 다 먹었어? 담에 반찬 보낼 때 된장도 싸 보낼게. 근데 보통 된장처럼 쓰면 안 돼. 간 봐가면서 조금씩 넣어."

"어머님, 저랑 된장 사업 하실래요? 대박 날 것 같아요."

어머님은 확 표정이 밝아지면서 그야말로 까르르르 웃으셨다.

"에이 뭘 돈 받고 팔아. 많이 보내줄 테니 주변 사람들이랑 나눠 먹어."

"아, 제품 이름까지 다 생각났는데. '한명자의 간장 안 뺀 된장' 어때요?"

　　나의 예감은 적중했다. 주변 친구들과 고마운 분들에게 '한명자의 간장 안 뺀 된장'을 선물했더니, 모두가 똑같은 반응이었다. "확실히 맛있는 된장이다. 하지만 나에게 치즈 맛을 강요하진 말아라. 그거까진 잘 모르겠다." 아. 분명 치즈 맛이 나는데 왜 다들 잘 모르겠다고만 하는지. 나는 홍시 맛을 가려내는 장금이의 심정을 이제 너무 잘 안다.

　　친구 아버지는 어찌나 아껴서 드시는지, 보다 못한 친구가 연락해와서 조금만 더 보내줄 수 있냐고 부탁했다. 한 선배는 일곱 살짜리 딸이 돼지고기를 먹을 때 꼭 새우젓 하나, 한명자의 간장 안 뺀 된장 조금 올려서 먹는다는 후기를 전했다. 없으면 절대 안 된다고. 심지어 우리 엄마는 맹물에 타서 먹어도 맛있다는 이해할 수 없는 (역시 엄마는 요알못!) 후기를 내게 전하며, 남들 주지 말고 자기에게 제일 많이 달라는 욕심까지 부렸다. 하지만 그건 불가능한 일이었다. 나의 된장 사랑은 엄마를 능가했으니까.

지금도 나의 된장 사랑은 계속되고 있다. 된장이 먹고 싶어서 일부러 야채를 사다가 끝도 없이 찍어 먹고, 저녁에 후다닥 끓인 된장찌개 맛에 스스로 취해서 냄비 뚜껑을 하루 저녁에도 몇 번이나 열어 본다. 그때마다 언젠가 좀 덜 바빠지면, 그리고 어머님의 건강이 좀 좋아지면, 꼭 어머님의 이름을 달고 된장을 팔아보겠다는 야심을 불태운다. 그러니까 한명자 어머님, 꼭 건강하셔야 해요. 아주 오래오래 건강하셔야만 해요.

구멍 뻥뻥 에멘탈

스물두 살. 아르바이트를 해서 모은 돈으로 혼자 유럽 여행을 떠났다. 처음 타는 비행기였고, 처음 가는 외국이었고, 혼자 여행을 떠나는 것도 처음이었다. 모조리 처음인데, 처음이 아닌 것도 있었다. 바로 부족한 돈. 한국에서 부족한 돈이 유럽에 간다고 많아질 리는 만무했다. 나는 여전히 가난한 상태로 비행기에 올랐다. 가진 돈은 150만 원. 총 33일 동안 이 돈으로 유럽에서 숙박비부터 식비, 입장료와 소소한 교통비까지 다 해결해야 했다.

　　그렇게 도착한 나의 첫 외국. 독일 프랑크푸르트였다. '유럽 교통의 중심'이라는 프랑크푸르트의 수식어는 과연 맞았다. 모든 것들이 그 원활한 교통수단을 타고 다 빠져나간 것 같았다. 작은 매력 하나까지도. 딱히 볼 것도, 할 것도 남지 않은 도시였다. 도착한 첫날, 슬렁슬렁 돌아다니다가 시장을 발견했다. 하나에 1,000원 정도 하는 바게트부터 샀다. 한입 먹는 순간, 아차 싶었다. 더럽게 맛이 없었다. 돌덩이도 소화하는 위장을 가진 이십대의 나였는데. 하지만 돈은 맛없음도 이긴다. 질겅질겅 바게트를 씹으며 돌아다니다가, 발견하고야 말았다.

치즈 가게를. 세상 모든 명도와 채도의 노란색들이 거기 다 있었다. 모양은 또 어찌나 제각각인지. 치즈 종류가 그렇게 많다는 걸 그때 처음 알았고, (나중에 프랑스에 도착하고 나서는, 독일의 그 치즈 가게는 어린아이 장난에 불과했다는 걸 깨닫지만.) 치즈에 대한 나의 무식함이 그 정도라는 것도 그때 처음 알았다. 슬라이스 치즈만 알고 있던 나의 치즈 세계가 가뿐하게 녹아내렸다.

홀린 듯이 치즈를 구경하고 있으니, 무뚝뚝한 주인의 시선이 차갑게 날아와 꽂혔다. 뭐라도 골라야 했다. 얼른 골라야 했다. 그나마 본 것 같은 치즈로 손끝이 향했다. 바로 톰과 제리 치즈. 구멍이 뻥뻥 나 있는 에멘탈 치즈였다. 어릴 적 만화에서만 보던, 제리가 몸을 숨기던 그 구멍난 치즈를 실물로 영접하다니! 처음 프랑크푸르트 공항에 도착했을 때보다 더 설레는 기분이었다.

시장을 빠져나오자마자 길가 벤치에 자리 잡았다. 치즈를 조금 뜯었다. 정말로 나는 어떤 치즈든 사랑할 준비가 되어 있었다. 사랑하지 않을 리가 없었다. 두근거리는 마음으로 치즈를 입에 넣고 씹는 순간, 아, 뱉을 뻔했다. 무려 치즈를. 내 사랑 치즈를! 뭔가 플라스틱 공을 씹는 것 같은 느낌이었는데, 플라스틱 공처럼 맛도 없었다. 한 번도 플라스틱 공을 먹어본 적은 없지만, 플라스틱 공 맛이 확실했다. 내가 아는 치즈는 부드럽고 짭조름하고 고소하고 입에서 곧장 사라지는 그런 것이었는데, 이건 부드럽지도 짜지도 고소하지도 않았다. 굳이 말하자면 쓴맛에 가까웠다. 이럴 순 없었다. 나의 치즈는 이런 친구가 아니었다. 나의 모든 감각을 불신하며, 다시 한번 치즈 한 조각을 입에 넣었다. 씹었다. 열심히 씹어보았다.

조용히 뱉었다. 남은 치즈를 비닐로 감쌌다. 가방에 넣었다. 더 이상 내가 할 수 있는 일은 없었다. 치즈가 이럴 수도 있다니. 내가 치즈를 한꺼번에 먹지 않는 일이 일어날 수도 있다니. 그러고 보니 제리는 맨날 치즈에 숨기만 했지, 먹지는 않았던 것 같기도 했다. 먹기도 했나? 모르겠다. 제리가 치즈에 숨고, 톰이 약이 바짝 올라 제리가 숨은 그 치즈를 와락 베어 물면, 제리는 천연덕스럽게 반대쪽으로 탈

출했던 것 같기도 하고. 그러니까 제리도 이 치즈가 맛없으니까 톰이 먹게끔 유인했던 거였나? 기억은 뒤죽박죽이 되었다. 그리고 어떤 치즈도 사랑할 수 있다던 나의 자신감도 추락해버렸다. 결국 그 치즈는 유럽 여행 중반까지 내 가방 안을 속절없이 뒹굴다가 프라하의 어느 쓰레기통에 버려졌다.

놀라운 건 그때의 경험으로 에멘탈 치즈를 나의 치즈 리스트에서 지우지 않았다는 사실이다. 어릴 때 한 번 경험해본 걸로 "난 그거 싫어해." 혹은 "나는 그거랑 진짜 안 맞더라고."라며 내 세계를 좁혀버리는 우를 범하지 않았다. 나도 나를 잘 모르니까. 지금까지의 나도 잘 모르겠는데, 앞으로의 나는 더 알 수 없는 일이니까. 그래서? 나는 에멘탈 치즈를 먹어보고 먹어보고 또 먹어봤다. 기회가 생길 때마다 열심히 먹었다.

결국 사람은 변한다. 20년이 지난 지금의 나는 언제나 냉장고 맨 위칸에 에멘탈 치즈를 넣어두고 산다. 다른 치즈는 다 떨어져도 에멘탈 치즈만큼은 떨어지지 않도록 단단히 주의하며 살고 있다. 여전히 부드럽지도 짜지도 않다. 하지만 씹다 보면 묘한 고소한 맛과 쓴맛이 동시에 올라오는데, 이게 너무 매력적인 것이다. 오직 에멘탈 치즈만이 낼 수 있는 맛. 어떤 재료와 섞여도 제 목소리를 잃지 않는 맛. 그렇다고 지나치게 색깔이 강해 다른 맛들을 죽이는 것도 아니다. 은근히 고소하고, 은근히 쌉싸름하고, 은근히 빵에도 술에도 잘 어울리고, 노골적으로 계속해서 먹고 싶어진다.

그러다 보니 유독 많이 먹게 되었는데 최근엔 좀 자제하려고 노력 중이다. 북한 김정은의 배가 그렇게 된 것은 스위스에서 에멘탈 치즈를 너무 많이 먹었기 때문이라는 믿거나 말거나 루머를 봐버렸기 때문이다. 하지만 지금도 에멘탈 치즈 이야기를 열심히 쓰다가 에멘탈 치즈가 너무 먹고 싶어져서 냉장고를 열고야 말았다. 한 조각 꺼내 먹으며 이상한 합리화를 하는 것이다. 김정은의 식욕이 과한 게 아니라, 에멘탈 치즈의 매력이 과한 것이라고. 암만 해도 오늘 역시 한 조각으로 끝내긴 어려울 것 같다.

불법숙박범의 치즈 사랑

Q: 김민철 씨. 2001년 8월 피렌체에서의 숙박 건, 불법인 거 알고 계시죠?

A: 에이, 무섭게 무슨 '불법'이라는 단어까지 쓰세요. 그냥 잘못인 건 알고 있었죠….

Q: 걸리면 어쩌려고 그런 짓을 한 거죠?

A: 안 걸릴 자신 있었어요. 에이, 그 정도는, 진짜 그 정도는 괜찮아요.

Q: 아니, 도대체 뭐가 괜찮다는 거죠? 1인실을 빌려놓고 두 명이서 잔 거잖아요. 그것도 아는 사람이 아니라, 그날 길에서 처음 만난 사람이랑.

A: 에이, 그 언니는 믿어도 돼요. 하루 종일 같이 다녀봤는데, 사람이 엄청 똑 부러지더라고요.

Q: 똑 부러지는 사람이 김민철 씨랑 그런 불법에 가담했다고요?

A: 자꾸 불법, 불법 그러시는데, 불법이 아니라 일탈. 좋은 말 놔두고 왜 험한 말을 쓰고 그러실까. 그리고 이십대 배낭여행족에게 그 정도 일탈은 합법이죠. 그 언니도 숙소 못 구해서 발을 동동거리고 있었는데, 저의 기발한 아이디어로 언니도 안전하게 자고, 저도 비용을 좀 아끼고. 캬. 지금 다시 생각해

도 제 아이디어 너무 좋네요. 그 언니에게 저는 일종의 은인이죠.

Q: 하, 이제는 본인을 은인이라 주장하시겠다?

A: 제가 아니었으면 그 언니, 그날 밤 길에서 잤을걸요? 말하다 보니, 세상에! 제가 사람 목숨을 구했네요.

Q: 김민철 씨, 그렇게 안 봤는데 사람이 좀 뻔뻔하네요?

A: 배낭여행객에게 이 정도의 뻔뻔함은, 생존용품이죠.

하루 5만 원. 숙박비에 교통비에 식비에 입장료를 다 합친, 나의 하루 예산이었다. 이십대 배낭여행객에게 그 조건은 평범한 열악함이었다. 누군가에게 신세 한탄을 할 수 있는 거리도 아니었다. 어쨌거나 유럽에 왔으니. 그것만으로도 이미 엄청난 혜택을 누리고 있는 거였으니까. 하지만 하루 숙박비로 5만 원이 덜컥 나가버린다면 그건 또 다른 이야기였다. 피렌체에서 가는 숙소마다 남는 침대가 없다는 소식을 접한 나는 급한 마음에 덜컥, 하나 남은 1인실을

결제해버리고 말았다. 눈앞에서 5만 원이 사라졌다. 그제서야 깨달았다. 졸지에 나는 어디 갈 수도, 먹을 수도, 입장할 수도 없는 사람이 되어버렸다는 걸. 우선 점심부터 건너뛰었다.

Q: 김민철 씨, 그래서 그 언니라는 사람 이름은 어떻게 되죠?

A: 아… 그 언니 이름이 뭐였더라….

Q: 같은 방 쓴 사람 이름도 모른다고요? 어디서 어떻게 만난 거죠?

A: 어디서 만났더라…. 하아… 벌써 20년도 더 된 이야기라….

Q: 한 침대에서 같이 잔 거예요?

A: 아닐…걸요? 매트리스를 바닥에 내렸나? 음… 어떻게 했더라….

밥을 제대로 못 먹어서인가? 또렷하게 기억나는 것은 거의 없다. 다만 우연히 만난 한국인 언니가 마땅한 숙소가 없다는 고민을 내게 털어놓았고, 그때 마침 나의 비싼 숙소가 생각이 났을 뿐이다. 누가 먼저랄 것도 없이 그 방을 같이 쓰기로 결정했다. 물론 주인에게는 말하지 않고. 겁이 났다. 만약에 들키면 어쩌지? 하지만 25,000원이 생긴다는 사실이 먼저였다. 그 돈이면 우선 뭐라도 입에 넣을 수 있었다. 내가 그토록 좋아하는 파스타도 먹을 수 있었다. 치즈를, 이탈리아 치즈를 듬뿍듬뿍 올려서. 이탈리아에 도착한 지 며칠이나 지났지만 워낙 돈이 없어서 거의 포기한 꿈이었다.

언니와 골목 안에 있는 한 식당에 자리를 잡고 앉았다. 메뉴판은 볼 것도 없었다. 카르보나라. 하얀 크림 파스타. 크림이 넘쳐나겠지. 치즈를 듬뿍 올려달라고 말해야지. 이거 좀 과한가 싶을 만큼 올려달라고 말해야지. 현지 카르보나라는 도대체 어떤 맛일까. 아직 주문을 하기 전부터 나는 카르보나라에 대한 상상에 이미 취해버렸다. 그리고 웨이터에게 호기롭게 말했다.

"카르보나라 하나. 치즈 많이 올려서요."

"노 치즈."

"네?"

"카르보나라에는 노 치즈."

"노 치즈?"

"노."

치즈 없는 카르보나라라니. 그것과 같은 표현이라면 '로마 없는 이탈리아' '교황 없는 바티칸' '패티 없는 햄버거' 정도가 되려나? 애초에 가능하지도 않은 일처럼 여겨졌다. 도대체 그 하얀 카르보나라에 치즈를 안 넣는다면 무엇을 넣는다는 말인가. 나는 피자를 빼앗긴 이탈리아인이 된 것 같은 심정으로 카르보나라를 기다렸다. 천천히 식사하며 느긋하게 수다를 떠는 이탈리아 사람들 사이에 앉아 아주 오래 기다렸다. 그리고 그 기다림 끝에 만난 카르보나라는 나의 기대와 완전히 달랐다. 두근거리는 심장을 부여잡고, 일탈을 저지르고, 그 대가로 쟁취한 카르보나라 파스타였지만, 거짓말을 할 수는 없었다. 모든 게 낯설었다.

"언니, 파스타가 좀 이상해요. 소스가 하나도 없네요. 면만 있어요."

"원래 먹던 거랑 달라?"

"네. 제가 어딜 가든 카르보나라만 시켜서 먹는 사람이거든요. 광화문에 제가 특히 좋아하는 곳이 있는데, 거긴 진짜 소스가 계속 떠먹을 수 있을 정도로 흥건하거든요. 치즈도 진짜 많이 올려주고. 면부터 건져 먹고, 빵으로 크림소스까지 싹싹 긁어 먹으면 완전 환상인데. 이건 좀 이상하네요."

"한번 먹어봐."

"음… 맛도 좀…. 우리가 가게를 잘못 선택한 것 같아요. 비싸기만 비싸고."

하지만 더 이상은 아무 말도 할 수 없었다. 나에겐 이 카르보나라가 틀렸다는 확신이 없고, 카르보나라에는 치즈가 잔뜩 올라간다는 나의 상식은 이미 깨졌고, 다른 메뉴를 주문할 돈은 아예 없었으니까. 바쁘고 불친절한 웨이터의 눈치를 보며 꾸역꾸역 이상한 맛의 카르보나라를 먹을 수밖에 없었다.

미숙한 상태에서 처음을 맞을 수밖에 없다는 건 불행일까 다행일까. 미숙하기 때문에 모든 것이 부자연스럽고, 기대와 다르기 때문에 어떤 식으로 반응해야 할지 난감하다. 애써 아무렇지도 않은 척 어른의 표정을 지어보지만, 숨겨지지 않는 건 잔뜩 긴장하고 있는 마음속 어린아이. 하지만 미숙했기 때문에 우리는 그 순간의 모든 것을 기억한다. 부자연스러웠기 때문에 작은 디테일까지 쉽게 잊혀지지 않는다. 그렇게 '처음'은 우리에게 아로새겨진다. 나의 첫 이탈리아 파스타의 기억도 그렇게 나에게 박제되었다.

그로부터 10년이 더 지나서야 알게 되었다. 그 파스타는 옳았다. 그러니까 소스가 없는 그 파스타는 진짜 이탈리아식 파스타였다. 이탈리아식은 숟가락 따위는 필요 없을 정도로 소스가 면에 다 붙어 있어야 한다. 오른손으로 포크를 잡고, 왼손으로 숟가락을 잡고, 파스타를 돌돌돌돌 말아서 먹는 건, 완전 한국식이다. 이탈리아 파스타집에서는 아예 숟가락을 안 내준다. 왜? 떠먹을 소스가 없으니까.

다만 웨이터의 대답은 아쉽다. 달걀노른자, 이탈리아 베이컨, 이탈리아 치즈. 이것이 이탈리아 카르보나라 3대 구성 요소니까. 그러니까 치즈가 올라가는 대신 안에 잔뜩 들어가 있다고 귀띔해줬으면 그때 내가 그토록 실망하는 일은 없었을 텐데. "노 치즈."라고 말도 안 되는 말을 지껄이며 나를 무시하는 웨이터에게, 카르보나라는 치즈 맛이 핵심이라는 나만의 음식 철학을 펼쳐도 됐을 텐데…. 고소한 달걀노른자에 이탈리아 베이컨, 더 고소한 파르메산 치즈나 페코리노 치즈가 합쳐져야 비로소 카르보나라가 완성된다는 걸 이제는 아는데….

Q: 결국, 겨우 파스타 한 그릇 먹겠다고 그 불법을 저질렀다는 거네요?

A: 어머머머. 이렇게 몰상식한 분을 보았나. 어디 감히 파스타 앞에 '겨우'를 붙여요? '무려' 파스타죠. 무려 이태리 치즈가 들어간 이태리 파스타! 다시 생각해도 충분히 의미 있는 모험이었네요. 셀프 쓰담쓰담이라도 해줘야겠어요.

민박집의 카망베르

파리에 도착한 건 늦은 밤이었다. 화려한 파리의 밤 같은 건 역 안에 없었다. 낭만도 없었다. 노숙자들만 유난히 많았다. 뭐가 어찌 되었건 한눈팔고 있을 틈은 없었다. 당장 오늘 묵을 곳이 없었다. 빠르게 공중전화를 찾았고 (2001년이었다.) 여행책 귀퉁이에 메모해놓은 (다시 한번 말하지만, 2001년이었다.) 한인 민박집들에 전화를 걸기 시작했다.

"어쩌죠? 오늘은 빈 침대가 없는데."

"마지막까지 남은 침대가 있었는데, 방금 나갔어요."

"끝났습니다."

예약 같은 건 하나도 안 해놓고 내키는 대로 다니던 여행자의 말로는 끔찍했다. 밤은 점점 깊어가는데, 전화하는 곳마다 빈 침대가 없다는 답만 내놓았다. 공중전화 카드의 돈도 점점 떨어져갔다. 결국 내게 남은 전화번호는 딱 하나. 여기에도 없다면, 어디로 가야 할까. 가긴 어딜 가. 울어서 그 집에 남는 바닥이라도 얻어내야지. 결연한 마음으로 전화를 했다. 그리고 마지막 침대가 비어 있다는 소식을 들었다. 크게 한숨을 내쉬었다. 하마터면 파리에 도착해서 제일 먼저 한 일이 바닥에 주저앉아 우는 일이 될 뻔했으니.

민박집의 위치는 기억나지 않는다. 다만 기억나는 것은 민박집에 도착했더니 이미 술에 취한 사람이 많았다는 것. 침대를 안내해주기도 전에 민박집 아저씨는 술잔부터 건넸다는 것. 나는 그 술잔을 들고 엉거주춤 빈자리에 앉았다.

"술 드세요?"

나보다 언니로 보이는 옆자리 여자분이 먼저 말을 걸었다.

"네. 조금." (지금의 나를 아는 사람들에겐 믿을 수 없는 사실이지만, 대학생 때의 나는 술을 그다지 좋아하지 않았다.)

"여기 주인 아저씨 좀 이상해요."

"왜요?"

"민박집 돈 얼마 번다고, 매일 자기 돈으로 이렇게 술 파티를 열어요. 이거 때문에 이 민박집에 눌러앉은 사람이 한둘이 아니에요. 저기 저 남자분 보이죠? 저분도 우연히 이 민박집 왔다가 3주간 눌러앉

앗잖아요. 저분이 큰 결심을 하고 내일 드디어 이 민박집을 떠나는데, 그 핑계로 오늘 또 이렇게 술판인 거예요."

"3주요?"

"그런 사람 많아요. 저도 벌써 열흘이나 된 걸요. 심지어 저는 여기가 첫 도시거든요. 매일 '아… 유럽 여행 시작해야 하는데….'라고 생각하면서도 술 마시고 다음 날 늦게 일어나서 또 실패하고, 계속 그러고 있어요. 아, 맞다. 아침으로 한식 먹을 수 있는 걸로 알고 오셨죠?"

"네."

"여긴 그런 거 없어요. 주인 아저씨가 숙취로 아침에 못 일어나거든요."

주인 아저씨는 오히려 의기양양한 태도로 술잔을 돌리며 소리를 빽 질렀다.

"야! 대신 내가 매일 이렇게 술을 주잖아!"

그때 마신 술이 맥주였는지 와인이었는지, 옆에 있던 사람들의 이름이 뭐였는지, 얼굴은 어땠는지, 아무것도 기억나지 않는다. 하지만 확실하게 기억나는 건 있다. 사람들 사이를 배회하다가 내 앞에 자리 잡은 캔 하나. 그 안에 들어 있는 정체불명의 하얀색 물체.

"이게 뭐예요?"

"먹어봐요. 우리는 다~ 먹어봤어요. 내가 잘라 줄게."

언니는 먹던 포크로 그걸 쓱쓱 잘라주었다. 분명 하얀색이었는데, 속은 아이보리색이었다. 치즈인가? 이런 치즈도 있나? 어차피 하루 종일 거의 아무것도 못 먹은 참이었다. 잽싸게 입에 집어넣었다. 언니는 흥미진진한 눈빛으로 나의 반응을 기다렸다.

아, 뭐지. 이거. 짭조름한데 고소하고, 찐득한데 부드럽고, 쿰쿰한데 입에 계속 맴도는. 나는 바로 다시 한 조각을 더 입에 넣었다. 이런 표현을 정말 쓰고 싶지 않지만, 충격적으로 맛있었다. 계속 먹고 싶었다. 그 생각밖에 들지 않았다. 계속, 계속, 계속 먹고 싶었다.

"저 더 먹어도 돼요?"

이번엔 주인 아저씨의 눈빛이 반짝였다.

"입에 맞아?"

"네. 너무. 이거 도대체 뭐예요?"

"카망베르 치즈. 이게 얼마나 고급 안주인데. 이걸 사다 줘도 이 촌스러운 것들은 안 먹는 거야. 야! 얘는 맛있다고 그러잖아! 이 친구 입이 좀 고급인데?"

내일이면 떠난다는 남자가 말했다.

"아이고, 사장님 드디어 자기 편 한 명 확보했네. 알았어요. 알았다고. 저기요, 다 드셔도 돼요. 진짜로 다 드셔도 돼요. 저희는 영 입에 안 맞더라고요. 신기하네. 진짜 맛있어서 먹는 거 맞아요?"

순식간에 한 통을 다 비웠다. 하얀 치즈인데 이름은 '까망'베르라니. (보이는가? 나의 절박함이. 이따위 연상법으로라도 그 치즈 이름을 기억하고 싶었다.) 처음에 사람들은 내가 그 치즈를 좋아해서 놀랐고, 그다음에는 그렇게 빠른 속도로 한 통을 다 먹어버려서 놀랐다. 솔직한 심정으로는 열 통이 있으면 열 통을 다 그 속도로 비워내고 싶을 정도였다. 난생처음 먹어보는 맛이었다. 스물두 살의 가난한 경험치를 아무리 뒤져봤자 비슷한 맛의 기억은 없었다.

그때부터 일주일간 나는 매일 같은 생활을 했다. 우선 아침 일찍 일어나면 무조건 미술관으로 향했다. 민박집 사장님이 아무 미술관이나 자유롭게 공짜로 드나들 수 있는 티켓을 구해준 덕분에 나는 두려울 것이 없었다. 줄을 서지 않아도 입구에서 그 티켓만 보여주면 놀라운 세상이 열렸다. 마음에 드는 그림 앞에서 몇 시간이고 앉아 있었다. 다시 보고 싶은 그림이 있으면 다음 날 또 갔다. 퐁피두미술관을, 오르세미술관을, 이름도 몰랐던 작은 미술관들을 (하지만 그 안에는 유명한 그림들만 한가득이었다.) 집 앞 슈퍼를 가듯 자유롭게 드나들었다.

그리고 저녁이 되어 민박집에 돌아오면 사장님은 아니나 다를까 술을 줬다. 그리고 카망베르 치즈도 줬다. 나 먹으라고 매일 한 통씩 줬다. 나는 너무 너무 민망했지만, 치즈에 대한 사랑이 그 모든 감정을 이겨버렸다. 말랑말랑하고 찐득한 사랑의 맛을 거부할 수 없었던 것이다. 있는지도 몰랐던 감각이, 존재하는지도 몰랐던 세상이, 혀끝을 찌릿하게 감싸던 맛이 나를 완전히 사로잡아버렸다.

순식간에 일주일이 지나갔다. 그렇게 33일의 여행이 끝났다. 공항으로 가는 버스에 올라탄 나는 울고만 싶었다. 아무것도 믿을 수가 없었다. 여행이 끝났다는 사실도, 돌아가야만 한다는 사실도 믿을 수 없었다. 남들은 여행 마지막이면 한식이 먹고 싶어서 미쳐버릴 지경이라는데, 데우지도 않은 햇반에 고추장만 짜 먹어도 그렇게 꿀맛이라는데, 나에게는 다 해당사항이 없는 이야기였다. 나는 카망베르를 먹고 싶었다. 카망베르를 시작으로 다른 치즈들의 세계를 계속 탐험하고 싶었다. 압도하는 그림들의 세계를 계속 헤매고 싶었다. 더 알고 싶고, 더 느끼고 싶고, 더 내 것으로 만들고 싶은 세상을 눈앞에 두고 돌아서야 한다니. 익숙한 곳으로 돌아가야 한다니. 하지만 완강한 목소리로 돌아가야 한다고 말하는 사람이 있었다. 다름 아닌 나였다.

떠나오기 전에 스스로와 약속을 했었다. 이 여행이 끝나면 취직 시험 준비를 하겠다고. 남들이 말하는 성공이라는 세계로 나도 입성하겠다고. 사람들이 말하는 성공은 그 실체도 방법도 꽤 구체적이었다. 많은 연봉을 보장하는 자격증. 불황에도 흔들리지 않는 전문적인 직업. 그 성공을 나도 잡아야 할 것만 같았다. 나의 성향이나 능력은 전혀 고려하지 않은 결정이었다. 여태까지 그랬던 것처럼 도서관에서 소설책만 읽어서는 안 될 것 같았다. 좋아하는 철학 수업을 찾아서 이 학교 저 학교를 기웃거리는 일도 그만해야 할 것 같았다. 이제 곧 이십대 중반이니까. 그러니까 이 여행은 남들이 말하는 성공에 투신하기 직전, 나의 마지막 발악과도 같은 자유였다.

그러나 여행의 끝에 나는 내가 모르는 세계가 훨씬 더 많다는 것을 어렴풋이 깨닫고 있었다. 구체적인 성공보다 설명하기 힘든 카망베르 맛에 더 마음을 빼앗기고 있다는 것도 인정하지 않을 수 없었다. 이 버스는 나를 모호한 세계에서 구체적인 세계로 데려다줄 것이다. 몰라서 더 매혹적인 세계의 문을 닫게 만들 것이다.

조금 더 철없이 굴어도 되지 않을까. 청춘이라는 단어에 나를 맡겨도 되지 않을까. 미래에 대한 걱정은 조금 뒤로 미뤄도 되지 않을까. 끌리는 게 있다면 조금 더 끌려가봐도 되지 않을까. 하지만 나는 그럴 자신이 있나. 나에게 그럴 용기가 있나.

　　나는 금방이라도 울 것 같은 표정으로 버스에
힘없이 앉아 있었다. 스물두 살 여름이었다. 첫 여행
이 끝나고 있었다.

카망베르 드 노르망디

대부분의 음식이 그러하듯, 대부분의 치즈도 그 시작은 모호하다. 도대체 누가 처음 만든 건지. 어쩌다가 그렇게 만들 생각을 한 건지 명쾌한 것은 아무것도 없다. 하지만 나에게 치즈의 문을 활짝 열어준 카망베르만은 예외다. 카망베르는 그 시작도, 그 시작을 만든 사람도 명확하다.

때는 18세기 말 프랑스 혁명기. 탄압을 피해 도망치던 성직자를 노르망디 카망베르 마을의 한 여인이 숨겨준다. 감사의 표시로 그는 그녀에게 치즈 제조법을 알려주게 된다. 나는 브리 치즈와 카망베르 치즈가 늘 헷갈렸는데 ─ 둘 다 겉은 흰 곰팡이로 뒤덮여 있고, 속은 찐득한 노란색이고, 맛도 비슷하다. ─ 이유가 있었다. 치즈 제조법을 알려준 그 성직자가 브리 마을 출신이었던 것이다! 그래서 자연스럽게 자기 마을의 치즈 제조법을 전수해주는 바람에 브리 치즈와 카망베르 치즈가 그토록 비슷해진 것이었다.

나는 크기로 브리와 카망베르를 겨우 구분하는데, 브리 치즈는 엄청나게 커서 보통의 치즈 가게에서는 그걸 조각으로 잘라서 파는 반면, 카망베르는 손바닥만 한 나무상자에 넣어서 팔기 때문에 육안으로 구분 가능하다. 하지만 요즘은 브리도 손바닥만 한 크기로 나오고, 특히 우리나라에서 구할 수 있는 브리는 대부분 카망베르와 같은 손바닥 크기라 솔직히 구분은 쉽지 않다. 굳이 말하자면 카망베르가 좀 더 녹진한 맛이 있지만, 그것도 브랜드와 가격에 따라서 달라지므로, 역시나 쉽지 않다.

어쨌거나 나는 기본적으로 순정파의 기질이 있는 사람이다. 내 마음을 처음으로 빼앗아간 것이 카망베르 치즈였기 때문에 아무리 브리 치즈가 맛있어도, 나는 굳건하게 카망베르파를 지켰다. 아무리 브리 치즈가 더 오래된 치즈고, 브리 치즈에서 파생되어 나온 것이 카망베르 치즈일지라도, 나에겐 카망베르가 치즈의 조상, 치즈의 기원, 치즈의 왕이었던 것이다.

그러던 어느 날, 카망베르 치즈의 기원에 대해 책을 읽다가 그의 출신을 알아버렸다. 앞서 말한 것처럼 카망베르는 노르망디 출신이었다. 심지어 카망베르 드 노르망디(Camembert de Normandie)는 프랑스에서 AOC(품질 인증)까지 해가며 깐깐하게 품질 관리를 하는 치즈였다. 6개월 이상 방목한 노르망디 품종의 소에게서 나온 무살균 우유를 50% 이상 섞어 만들어야만 카망베르 드 노르망디가 될 수 있다고 한다. 그렇게 만들면 정확하게 맛이 어떻게 달라지는지 나로서는 전혀 알 수 없지만, 어쨌거나 '특별' '관리' '원산지' 이런 단어들이 더해진 이상 카망베르 드 노르망디는 천상계에 도달해버렸다. 물론 내 머릿속에서.

일반 카망베르 치즈를 먹고도 그렇게 난리였는데, 카망베르 드 노르망디를 먹으면 도대체 어떨까? 카망베르 드 노르망디를 위해서라도 나는 프랑스에 다시 가야 하는 사람이었다. 하지만 사람 일이 어디 그렇게 쉬운가. 다시 프랑스에 간 건 내가 서른이 되었을 때였다.

파리 유학생이 잠깐 한국에 가는 틈을 타서 그집을 빌렸다. 아직도 다 기억난다. 공항에서 막 도착해 두리번거리며 집주인을 기다리던 대문 앞. 그 육중한 무채색의 문이 열렸을 때 예상치 못하게 눈에 쏟아져 들어온 마당 가득한 푸른 식물들의 생기. 그 풍경의 안온함. 무거운 가방을 들고 올랐던 둥근 나무계단. 그리고 작은 방 하나. 크고 길고 오래된 창문. 낡은 나무창틀. 창문 밖으로는 회색 도시 파리와 커다란 나무 한 그루가 보였다.

작은 탁자를 창 앞으로 옮기고 창문부터 활짝 열었다. 우리 집처럼 낡은 이케아의 싸구려 탁자였지만 아무 상관없었다. 나의 창문이 있고, 나의 탁자가 있었다. 그걸로 충분히 행복했다. 아침에 일어나서도, 저녁에 숙소에 들어와서도 창문부터 열고, 그 탁자 위에 나만의 만찬을 차렸다. 만찬의 핵심에는 집 앞 슈퍼에서 산 치즈가 있었다. 어떤 날의 치즈는 실패였고, 어떤 날의 치즈는 어려웠다. 그러다 문득 생각났다. 카망베르 드 노르망디. 치즈의 신을 영접할 때가 된 것이다.

여행책을 뒤적여 치즈 전문 가게 주소로 향했다. 치즈 전문 가게의 문을 연 건 그때가 처음이었다. 주인의 싸늘한 눈초리가 나에게 꽂혔다. 얼른 입을 열었다.

"카망베르 드 노르망디, 실 부 플레."

순식간이었다. 치즈 가게 주인의 표정이 부드러워진 건. 너, 그 치즈를 안다고? "정말 맛있는 치즈야."라는 말과 함께 주인은 내게 둥근 나무상자 하나를 건넸다. 그 나무상자를 보물처럼 품에 안고 집에 오자마자 창문부터 열었다. 치즈를 조금 잘라서 입에 넣었다. 드디어 나도 카망베르 드 노르망디를 영접하는 순간이었다.

아, 뭐라 표현해야 좋을까. 그 맛을, 그 질감을. 왕이 내 입안에 친히 납시었다. 이제까지 내가 좋아했던 카망베르의 기억을 사뿐히 다 밟아버리는 잔인한 왕. 하지만 맛있고 멋있고 아무튼 거부할 수 없는 매력적인 왕. 한 번도 먹어보지 못한 녹진한 맛이 입안 전체에 착착 감아들어왔다. 부드럽고 찐득하고 짭짤하고 고소하고 그 와중에 또 한 방의 성격은 있어서 꼬리꼬리한 맛이 코 뒤쪽을 훅 치고 사라졌다. 괜히 입을 쩝쩝거렸다. 조금이라도 더 느끼고 싶어서. 홀린 듯이 몇 조각을 더 먹다가 정신을 차렸다. 나에겐 내일이 있었다.

아침에 눈을 뜨자마자 다시 창문을 열었다. 작

은 파리의 방 안으로 햇빛이 밀려 들어왔다. 바게트를 크게 자르고, 반을 갈라 야채들을 넣고, 전날 먹다 남은 햄을 넣고, 아스파라거스도 구워서 넣고, 그리고 마지막으로 카망베르를 큼지막하게, 미련이 없을 만큼 크게 썰어 넣었다. 당장 내다버려도 하등 이상할 게 없는 의자였지만 건물보다 하늘이 더 눈에 많이 들어오도록 최대한 편안하게 앉았다. 탄산수를 천천히 마시고, 이 나간 접시 위에 올려둔 샌드위치를 천천히 먹기 시작했다.

아무 말도 하지 않았다. 아무 소리도 들리지 않았다. 아무도 나를 채근하지 않았고, 완벽하지 않은 것은 아무것도 없었다. 부족한 것 역시 하나도 없었다. 파리의 하늘과 나무와 창문과 텅 빈 시간과 노르망디 치즈가 나에게 있었다. 나는 그 순간 안에 있으면서도 내가 오래도록 그 순간을 부러워하게 될 것이라는 걸 알았다. 카망베르 치즈보다 더 오래 그 순간의 맛을 음미하게 될 걸, 이미 알고 있었다.

날카로운 첫 치즈의 기억

어떤 분야에서 권위를 가지고 싶다면 책 한 권 쯤은 내는 게 좋다. 내가 바로 책으로 한 분야의 독보적 권위를 획득한 사람인데, 책을 쓰기 전에는 내가 기억력이 안 좋다고 말하면 사람들은 "저도 그래요!"라며 나를 쉽게 위로하려 들었었다. 하지만『모든 요일의 기록』을 쓰고 나서는 상황이 사뭇 달라졌다. 이젠 "저도 기억력이 안 좋아요!"라고 말하는 사람에게는 한마디면 충분하다. "저는 그 주제로 책 한 권을 낸 사람입니다." 다행인 건 내가 그 책을 썼다는 사실은 아직 안 까먹었다는 사실이고, 불행인 건 그다음에『모든 요일의 여행』이라는 비슷한 제목의 책을 쓰는 바람에 책 제목을 자꾸 헷갈린다는 사실이다.

어쨌거나 나는 모두가 인정하는 망각의 권위자이지만, 아주 어릴 때의 일들은 기가 막히게 기억한다. 심지어 기억은 한두 살 때로 거슬러 올라가기까지 한다. 그때의 일이라면 별의별 게 다 기억난다. 계단을 미치도록 빨았던 구강기 시절도 기억난다. 실제로 그때의 빨고 싶다는 욕망까지 기억난다. 내가 볼 책 수십 권이 전집으로 처음 배달되어 오던 날도 기억난다. 토끼(정확히는 '미피')가 그려진 책들이 었는데, 한 장의 두께가 박스처럼 두꺼워 책 한 권에 서너 장이 전부였다. 사과 하나 위로 숫자 1, 그 옆은 사과 두 개 위로 숫자 2, 그 뒷장은 사과 세 개 위로 숫자 3, 그런 책이었다. 아파트 입구에서 슈퍼로 가자고 엄마를 졸랐던 것도 기억나는데, 그때의 일을 후에 엄마에게 말했더니 깜짝 놀라는 거다. "그 아파트가 기억난다고? 니 태어나고 한 1년 정도밖에 안 살았는데?" 어쨌거나 다시 말하지만, 그때의 기억은 어제의 기억보다 더 생생하다. (그것이 나의 불행이지만.)

할아버지가 하얀색 모시 한복을 입고 언덕 아래에서 나를 향해 걸어오던 장면도 기억난다. 여러 정황을 합쳐보자면 나는 그때 서너 살 정도의 어린아이였는데, 그 장면을 유독 선명히 기억하는 건 할아버지가 손에 들고 있었던 치즈 때문이다. 당시 미군부대에서나 팔던, 슬라이스 치즈 100장이 겹쳐져 있는 벽돌만 한 치즈. 할아버지가 그 치즈를 사 들고 나를 향해 싱글벙글 웃으면서 걸어 올라오고 계셨던 것이다. 언덕 아래엔 실제 미군 부대가 있었고, 고모부가 당시 미군 부대 소속 의사였고, 그리고 할아버지는 하얀 모시 한복을 즐겨 입으셨으니까 아마도 이 기억은 정확할 것이다. 치즈를 유난히 좋아하는 손녀를 위해 고모부에게 부탁을 해서 할아버지는 정말로 달랑 치즈만 사서 우리 집을 방문하신 것이다. 나는 집안의 유일한 손녀라 유난히 사랑을 많이 받았고, 할아버지가 유난히 짠돌이었던 걸 생각한다면 충분히 가능한 일로 보인다.

하지만 어린 시절의 기억이라는 것은 또 지나치게 단편적이다. 앞뒤 정황은 과감히 생략되어 있고, 맥락도 종잡을 수 없을 때가 많다. 그리하여 할아버지가 치즈를 사 들고 왔을 때 내가 얼마나 좋아했는지는 기억나지 않는다. 갑자기 할아버지가 나타나서 엄마가 얼마나 곤란했는지, 할아버지는 얼마나 머물다가 가셨는지, 집 안으로 들어오긴 하셨는지, 차는 한잔 드셨는지, 그런 건 아무것도 기억나지 않는다. 기억은 제멋대로 편집되어 이어지는 다음 기억은 방문을 빼꼼 열고 호시탐탐 냉장고만 노리고 있는 나의 모습이다.

노리는 것은 당연하게도 할아버지가 사 온 치즈. 방금 전에도 몰래 두 장 더 꺼내 먹는 것에 성공했다. 그런데도 또 먹겠다는 거다. 폭주할 작정인 거다. 엄마는 아직 안방에 있으니까, 이번에도 성공할 것이다. 하지만 방심은 금물. 나는 살짝 방 밖으로 나가서 살금살금 냉장고 앞까지 걸어갔다. 몸도 낮췄다. 냉장고 문도 '쩍' 소리가 나지 않도록 사알짝, 정말 사알짝 열었다. 드디어 치즈로 손을 뻗는 순간, 엄마의 불호령이 떨어졌다.

"치즈 아까도 먹었잖아!"

"응···."

"몇 장 먹었어?"

"···세 장." (아, 난 왜 이렇게 쓸데없이 솔직한 걸까.)

"뭐? 세 장? 저쪽 벽에 가서 손 들고 서 있어!"

(역시나, 두 장이라 말했어야 했다.)

이것은 나의 첫 치즈에 대한 기억이자, 첫 일탈의 기억이다. 엄마의 증언에 따르면 맨날 엄마 몰래 치즈를 꺼내 먹다가 혼났다는데, 나의 기억은 단 한 번이므로 그냥 한 번의 일탈로 퉁치고 넘어가겠다.

치즈 때문에 첫 일탈을 감행한 어린이는 자라서 번번이 치즈로 일탈하는 어른이 되었다.

세 살 치즈 버릇 여든까지 간다고. 딱 한 장만 먹고 그만 먹어야지, 라고 생각하며 냉장고를 연다. 고다 치즈, 노르망탈 치즈, 에멘탈 치즈 등등. 어릴 적 먹던 그 체더 슬라이스 치즈에서 진화한 버전의 슬라이스 치즈들이 우리 집 냉장고에는 왜 이렇게 많은 건지. 고심 끝에 한 장을 챙겨 TV 앞에 앉는다. 정신을 차리고 보면 치즈는 사라지고 없다. 진짜 딱 한 장만 더 먹자고 스스로와 약속을 단단히 하고 치즈를 꺼내오면, 금세 또 없다. 이왕 이렇게 된 거, 치즈랑 빵이랑 같이 먹고 한 끼라 칠까? 하고 스스로와 협상을 한다. 100% 내가 질 수밖에 없는 협상이다. 그렇게 다 먹어도 나는 또 치즈가 먹고 싶고, 배는 도통 부르지 않고, 살은 알차게 찌니 말이다.

매번 진다. 내내 졌다. 앞으로도 나는 맥없이 치즈 앞에서 질 것이다. 다른 건 다 몰라도 그것만은 확실하게 안다.

당신의 업보는 무엇인가요?

현대인의 외로움을 단숨에 치료해주는 질병이 있으니 (여자들에게만 해당된다.) 바로 자궁근종이다. 어디 새로운 모임에 가거나 낯선 무리에 섞여 있을 때 (구성원이 여자들일 때만 해당된다.) "자궁근종이…"라고 한마디만 해보라. 반 이상의 여자가 "실은 나도…"로 시작하는 문장을 내뱉을 것이다. 주어는 끝없이 변한다. "내 친구도…" "우리 언니도…" "회사 친구도…" 혹시 무리에 남자가 섞여 있다면 "우리 와이프도…"로 입을 열지 모른다. (실제 그런 사람이 많았다.) 놀랄 일도 아니다. 무려 여성들의 40~50%가 가지고 있는 질병이라고 하니. 어느 날, 40~50%의 여성에 나도 전격적으로 포함되었다. 대충 내 몸속의 친구로 여기고 사이좋게 살아보려 했는데, 자꾸 커지고 생활하기 불편해졌다. 미루고, 미루고, 또 미루다가 결국 회사에 병가를 내고 수술 날짜를 잡았다. 수술하기 며칠 전, 친구에게 이 소식을 알렸다.

"나 할 말 있어. 놀라지 말고. 나 다음 주에 자궁근종 수술해. 수술하고 한 달간 집에 계속 있어야 한대서 회사에 병가도 냈어. 그러니까 너 언제든지 놀러 와."

친구는 깜짝 놀랐다. 너무 깜짝 놀라길래 내가 더 놀랐다.

"야! 너 18일 수술이라고? 나는 26일에 수술이 야. 나도 자궁근종. 네가 나 문병 와야겠는데?"

하! 내가 뭐라 했는가? 현대인의 외로움을 단숨에 치료해주는 질병이라고.

수술대에 누웠다. 마취가 잘 안 되면 어쩌나 살짝 걱정했지만, 기우도 그런 기우가 없었다. "마취 들어갈게요."라는 말과 함께 모든 기억은 사라졌다. 남편의 증언에 따르면 몇 시간에 걸친 개복수술이었다고 한다. 기억나는 건 깨보니 너무 아팠고, 내 몸에 뭔가가 주렁주렁 달려 있었다는 것. 그리고 내 입엔 지독한 메스꺼움이 달려 있었다는 것. 하루 종일 물 한 모금 마시지 못했지만 어떤 식욕도 없었고, 미세한 음식 냄새만 맡아도 구역질이 올라왔다. 그렇게 수술 다음 날 아침, 처음 먹는 미음도 다 토해버렸다. 감기 걸렸을 때 기침만 해도 배가 당기는 고통을 상상해보라. 그리고 그 고통에 당신이 아는 가장 큰 숫자를 곱해보라. 그것보다 더 고통스러웠다. 개복수술로 배근육이 잘려 있는 상태였으니까. 그다음 부터는 모든 음식이 겁나기 시작했다. 또 토하면 어떡하지. 아무것도 안 먹으려는 나에게 엄마는 자꾸 뭘 권했다. 자꾸 가방에서 뭔가를 꺼냈다. 그때마다 거절했더니 결국 한마디했다.

"우유라도 좀 먹을래?"

내내 별말 없이 조용히 곁을 지키던 남편이 한마디 했다.

"어머님, 민철 씨 유제품은 먹으면 안 된대요. 아침 병원식에도 우유 대신 두유가 나왔더라고요."

이 말에 엄마는 눈을 반짝였다. 유제품이라니. 유제품이라니! 드디어 엄마의 모든 의문이 풀린 것이다. 잡았다, 이놈.

"니가 치즈를 너무 많이 먹어서 자궁근종이 생겼는갑다."

웃을 기운도 없는데 헛웃음이 절로 나왔다. 이 무슨 황당한 자궁근종치즈유래설인지. 이 큰 종합병원에서 나에게만 따로 식사를 챙겨주는 것도 아니고, 자궁근종 환자라서 우유 대신 두유를 챙겨준 것도 아닐 것이다. 그냥 유제품이 소화에 안 좋으니까,

우유를 소화 못하는 사람이 많으니까 우유 대신 두유를 줬을 것이다.

　하지만 엄마의 머릿속에서는 그런 인과관계가 성립하지 않았다. 치즈가 드디어 사달을 냈구나 싶었던 거다. 억울한 건 치즈 쪽이었다. '유제품'이라는 한마디에 갑자기 치즈가 모든 죄를 다 뒤집어쓰게 된 것이다. 새하얗고 무해한 속살을 아낌없이 드러내는 무고한 치즈가. 한때 김민철의 사랑을 독차지했다는 이유로, 원통하게도. 엄마에겐 정상참작도 되지 않는 중대한 죄인이 되어버린 것이다.

　이해할 수 없는 건 아니었다. 엄마에게 딸 몸속에 자꾸 생겨나는 자궁근종은 불가해한 존재일 것이다. 나에게도 의사에게도 마찬가지로 그건 도무지 이유를 알 수 없는 것이다. 하지만 개복수술까지 하고 병원에 누워 있는 딸을 보고 있으니 엄마는 누구에게라도 책임 추궁을 하고 싶었을 것이다. 엄마의 허술한 수사망에 의하면 처음엔 술이 가장 유력한 용의자였다. 하지만 도대체 결정적인 증거가 없었다. 게다가 술을 안 마시는 친구도 자궁근종 수술을 받는다니까, 엄마는 더 할 말이 없었다. 그렇다면 이건 도대체 무엇 때문인가. 도대체 누구의 멱살을 잡아야 하지? 그러다가 치즈가 걸려든 것이다. 어릴 때부터 그렇게나 정신을 못 차리고 치즈를 먹더니. 결국 쯧쯧. 그렇게나 먹어댈 때 내가 말릴걸. 거짓말까지 해가면서 치즈를 먹었던 나의 과거와 결합되면서 엄마의 자궁근종치즈유래설은 점점 확신으로 기울었다. 물론 그 확신에 제동을 건 건 나였다.

"아, 엄마 뭐라카노. 내가 치즈를 먹어봤자 얼마나 먹는다고."

하지만 엄마는 도무지 수긍하지 않았다. 의심의 눈초리를 거두지 않았다.

조카가 수술했다니까 오랜만에 이모가 전화를 걸어왔다. 안부인사를 좀 주고 받았을 뿐인데, 이모는 다짜고짜 말했다.

"내 생각엔, 니가 치즈를 너무 많이 먹어서 자궁근종이 생긴 것 같아."

엄마와 이모들의 핫라인 성능이란! 어느 집 조카가 한마디만 해도 전국 각지의 이모들뿐 아니라

산 넘고 물 건너 미국에 사는 이모까지 다 안다. 분명 똑똑한 이모였는데. 이모 직업이 교수… 아니었던가? 어린 시절 나는 이모가 박사학위를 받는 모습까지 봤는데, 그 이모도 이렇게 말하다니.

"아, 이모야. 뭔 말이고. 그게 말이 되는 소리가. 내가 무슨 프랑스 사람도 아니고. 끼니마다 먹는 것도 아니고. 한 달에 몇 번 먹는 치즈가 우예 자궁근종을 만든단 말이고."

"그래도 니가 어릴 적에 치즈를 그렇게나 좋아하더니, 나는 영향이 있을 것 같아."

언젠가 선배에게 들은 이야기가 생각났다. 어느 결혼식장에서 신랑이 당차게 입장하는데, 자리에 앉은 손님들은 수군수군 이야기했단다. "자가 가 아이가. (저 아이가 그 아이잖아.) 어릴 적에 지 아빠가 하도 닭목만 주면서 '이거 묵으면 노래 잘한대이.'라고 그랬더니, 어느 날 닭목 묵기 싫다면서 닭똥 같은 눈물 흘렸다 아이가. '내 노래 몬해도 좋아. 내도 닭다리 묵을래.' 그러면서 꺽꺽 울었다 아이가." 그런 거다. 아무리 번듯한 신랑의 예복을 입고 있어도, 아무리 어른의 표정을 짓고 있어도, 아무리 아무리 다 컸어도, 각자 지고 가야 할 업보가 있는 것이다.

당신의 업보는 무엇인가? 나는 아무래도 치즈인 것 같다.

치즈로 쌈 싸 먹기

쌈 야채가 있으면 쌈을 싼다. 이것은 나의 철칙이다. TV 프로그램 〈맛있는 녀석들〉에 중독된 이후로는 여기에 한 가지 단서가 더 붙었다. 쌈 야채가 있으면 '최대한 크게' 쌈을 싼다. 〈맛있는 녀석들〉을 오마주하는 기분으로, "한입만!"이라고 외치고 먹기도 한다. 다만 다른 점은 그들은 내용물을 많이 넣는다는 것이고, 나는 쌈 야채를 한 번에 많이 올린다는 점이다. 내용물은 뭐든 상관없다. 중요한 것은 쌈 야채가 여러 종류여야 한다는 것이다. 그렇게 여러 종류의 야채들이 한꺼번에 다채로운 식감과 맛을 내는 걸 나는 좋아한다.

여행을 가서 조식을 먹을 때 치즈가 있으면 치즈로 쌈을 싼다. 이것도 나의 철칙이다. 방법은 간단하다. 빵 한 쪽과 치즈를 종류별로 아주 많이 가져온다. 잘 모르는 치즈도 '치즈'라는 이름을 달고 치즈코너에 있다면 무조건 가져와서 대열에 합류시킨다. 딱 하나 피하는 치즈는 스모크 치즈. 인공적인 향이 많이 나서 다른 치즈들의 풍부한 맛을 가려버리기 십상이기 때문이다. 좋은 햄이 있다면 그것도 가져온다. 샐러드도 챙긴다.

자리에 앉아서 빵 조금에 햄을 올리고 샐러드도 좀 올린다. 이때 지반을 다진다는 느낌으로 꾹 누른다. 아직 주인공이 등판하지 않았다. 주인공은 당연히 치즈. 한 종류의 치즈만 특별 대우하는 것을 나는 언제나 좋아하지 않는다. 무조건 치즈를 종류별로 다 올려야 한다. 그리고 한입에 먹는다. 각종 고소함과 각종 짭짤함이 동시에 입안을 공격한다. 보통은 체더 치즈가 무난한 치즈 맛을 선사하고, 카망베르는 혀 뒤쪽까지 때리는 맛을, 혹 블루치즈가 있다면 약간만 올려도 끝까지 존재감을 어필하고 사라진다. 그러면 나는 힘없이 항복한다. 어찌 저항하겠는가. 무력하게 끌려가는 수밖에 없는 것이다. 다시 치즈 코너 앞으로. 다시 치즈를 듬뿍 뜨고 빵을 챙기고 자리로 돌아온다.

이상한 일이다. 어딜 가나 비슷비슷하다는 이유로 호텔을 싫어했다. 에어비앤비만 고집했다. 각 집은 하나같이 다 달랐고, 집 주인의 취향이 많이 드러난 집일수록 내 취향에 잘 맞았으니까. 하지만 어딜 가나 비슷비슷하다는 이유로 호텔 조식을 좋아한다.

어느 나라건 간에 치즈 코너는 어김없이 마련되어 있으니까. 종류는 달라도, 퀄리티는 달라도 어쨌거나 치즈니까.

가끔은 생각한다. 어디서나 먹을 수 있는 이런 빵과 치즈 대신, 여기서만 먹을 수 있는 그런 걸 먹어야 하는 건 아닐까. 조식에서 제공하는 치즈가 (유럽이 아닌 이상) 대단히 훌륭하지도 않고, 손쉽게 찾아볼 수 있는 치즈인 경우가 많으니까. 하지만 금방 생각을 고쳐먹는다. 다양한 치즈를 한꺼번에 먹는 호사를 아무 데서나 쉽게 누릴 수는 없는 법이다. 각자가 훌륭하지 않아도 합치면 훌륭하지 않은가. 마치 오케스트라처럼. 한 명 한 명의 연주자가 독주자처럼 대단하지는 않아도, 각자가 각자의 자리에서 제역할을 해주는 이상, 음악은 계속된다. 치즈는 음악처럼 막힘없이 내 아침을 정복해나간다. 이제 겨우 여행 첫날의 조식을 먹었을 뿐인데, 내일 아침의 조식도 기대하게 된다. 똑같은 치즈를 똑같은 방식으로 먹을 것이다. 그리고 아낌없이 감탄할 것이다. 가장 좋아하는 것 앞에 스스로를 방만하게 풀어놓는 것, 그것이 여행의 핵심이니까.

꿀과 화해한 밤

어릴 땐 아프면 자주 울었다. 식탁 앞에서도 울었고, 자다가 깨서도 울었다. 아파서 울었던 건 아니다. 다 꿀물 때문이었다. 엄마는 내가 아프면 왜 그렇게 꿀물을 먹이려고 한 건지. 약 먹고 자는 나를 깨워서도 꿀물을 먹이려 했고, 나는 그때마다 울었다. 자주 아팠던 만큼 울 일도 많았다. 그 찐득한 단맛의 물을 마신다는 생각만 해도 나는 구역질이 났고, 갑자기 몸은 더 안 좋아지는 기분이었다. 하지만 몸이 더 안 좋아졌다는 말은 하려야 할 수가 없었는데, 그럼 엄마는 꿀을 더 듬뿍 넣어서 먹일 것이 분명했기 때문이다.

　　유독 꿀을 싫어했느냐. 그런 건 또 아니다. 단맛이 나는 모든 것들을 싫어했다. 사탕, 캐러멜, 초콜릿. 이런 이름들이 나를 유혹한 적은 한 번도 없다. 어릴 적 학원에서는 손 들고 발표를 하면 꼭 '스카치 캔디'를 하나씩 줬는데, 발표는 너무너무 하고 싶고 스카치 캔디는 너무너무 받기 싫어서 안절부절못했던 기억도 생생하다. 결국 발표는 하고, 선생님이 사탕을 내밀기도 전에 "사탕은 안 받을래요."라고 말해 버렸다. 같은 이유로 어린 시절부터 카스텔라도 싫어했다. 그 달달하고 폭신폭신한 맛이라니. 지옥이 있다면 그런 맛이었을 것이다.

그래서 초등학교 3학년 때 처음으로 바게트를 먹었던 순간은 지금까지 생생하다. 빵이 달지 않을 수 있다니. 이렇게나 쫄깃하면서 담백할 수 있다니. 카스텔라가 세상의 전부가 아니었다니. 아직도 세상은 살아볼 만했다.

커서도 사정은 별반 달라지지 않아서, 지금도 생일에 케이크를 먹지 않는다. 밥 먹고 디저트 코너를 기웃거리는 일도 거의 없다. 과일은 신맛을 기준으로 고르고, 와인도 달지 않은 것만 골라 먹는다. 부엌의 설탕도 줄어드는 일이 거의 없고, 꿀통은 몇 년째 늘 같은 수위를 유지하고 있다. 심지어 몇 년째 그 꿀통은 우리 집 베란다의 도어스토퍼 기능도 겸하고 있는데, 아무리 바람이 많이 불어도 꿈쩍도 안 할 정도로 꿀은 언제나 그 자리 그대로다. (평생 걸려도 줄지 않을 것 같은 느낌이다.)

'허니버터칩'이 유행하고 그 이후에 모든 제품이 '허니'로 시작하는 (심지어 '허니버터팩'이란 화장품까지 나왔다.) 그 무시무시한 허니대란도 나는 무사히 피해갔다. 그냥 단걸 좋아하는 데는 재능이 없다고 생각했는데, 한의사 친구가 말했다. "『동의보감』에 보면 그런 구절이 나와요. 술을 좋아하는 사람은 단걸 싫어한다." 그 말을 듣자마자 수십 년간 지녀온 나의 의문이 단숨에 해결되었다. 운명이었던 거다. 나는 술을 좋아할 운명이었던 거다.

운명을 거스를 수 있는 건 역시 사랑뿐인 걸까. 하루는 술집에 갔다가 '구운 브리 치즈'라는 메뉴를 봤다. 하나도 뺄 단어가 없었다. 사람들은 신발끈도 튀기면 맛있을 거라지만, 나는 신발도 구우면 맛있을 거라고 생각하는 파다. 뭐든 뜨끈뜨끈하게 구워서 나오는 걸 홀홀 불어서 먹는 걸 좋아한다. 그런 내게 보인 단어. '구운' 그리고 이어지는 단어 '브리 치즈'. 여기까지만 보고 자세한 설명 읽기는 생략했다. 밑에 작은 글씨로 분명 '구운 브리 치즈 위에 꿀과 다진 피스타치오를 올려서 먹는 간단한 와인 안주'라 적혀 있었는데 그걸 보지 못한 것이다. 그리하여 나는 뜨끈한 브리 치즈 위에 꿀이 잔뜩 뿌려져 있는 난감한 안주를 받아 들고 말았다. 적과의 동침이 바로 이런 비주얼이었던가.

일행들의 취향도 무시하고 내 마음대로 시킨 안주였으니 내가 우선 총대를 메야 했다. 최대한 꿀을 걷어내고 먹으려 했지만, 꿀이란 놈은 아무래도 질척거리는 놈이었다. 치즈에 달라붙어서 좀처럼 떨어지지 않았다. 어쩔 수 없다. 입에 넣었다. 실망할 준비를 잔뜩 하고.

그리고 대차게 뒤통수를 맞았다. 따악. 믿을 수 없을 정도로 맛있었다. 순간 생각했다. 브리 치즈가 이렇게 맛있었나? 그럴 리 없었다. 메뉴판의 가격을 고려하면 딱히 좋은 브리 치즈를 쓴 것도 아니었다. 다만 꿀이 절묘하게 브리 치즈의 맛을 떠받들고 있었다. 마치 발레리노가 한 팔로 발레리나를 들어올리고, 그 위에서 발레리나가 완벽한 균형을 잡고 있는 장면처럼. 저렴한 브리 치즈의 미끄덩한 기름 맛을 꿀이 감싸안았는데, 덕분에 브리의 맛은 좋아졌고, 꿀의 어색한 단맛도 사라지고 없었다. 거기에 견과류도 같이 먹었더니 식감까지 아삭하니 완벽한 요리가 되어버렸다. 그렇다. 우리 엄마도 그 오랜 시간 동안 못해낸 일을 브리 치즈가 단숨에 해낸 것이다.

한순간 역사는 다른 방향으로 흐르기 시작했다. 꿀과 나는 그 밤, 화해했다.

간혹 인터넷 치즈 가게에 브리 치즈가 싸게 풀리면 (카망베르 치즈라도 상관없다. 싼 브리 치즈도, 싼 카망베르 치즈도 다 상관없다.) 넉넉히 사 둔다. 마땅한 안주가 없을 때 치즈 하나를 꺼내서 전자레인지에 2분 정도 돌린다. 그리고 그 위로 꿀을 뿌리고 견과류도 보이는 대로 올린다. 좀 더 정성스러운 요리처럼 보이고 싶을 땐 사과도 얇게 저며서 올린다. 그럼 고급 와인 바에서 비싸게 팔 것 같은 안주가 바로 완성이다. 칼로 우아하게 치즈를 반 갈라보면 흰 껍질 속에서 노란 속이 주륵 흘러나온다.

단짠을 좋아한다고? 그렇다면 이 요리를 먹어라. 자취방에 친구들과 모여 인스타용 사진을 찍고 싶다고? 그렇다면 이걸 식탁 위에 올려라. 그것이 바로 치즈 필터. 어떤 곳이라도 좀 근사해 보이게 만들어주는 요긴한 치즈 필터. 오늘은 왠지 나에게 잘해주고 싶다고? 말하지 않았는가. 우리에겐 구운 브리 치즈가 있다고. 밤에 먹는 건 좀 부담스럽다고?

남는 빵에 구운 브리 치즈를 곁들여서 아침에 먹어 보라. 브런치 먹으러 요즘 누가 강남 가나. 집에서도 이렇게 완벽한 브런치가 가능한데.

치즈 덕분에 요즘은 종종 꿀통을 연다. 이렇게 야금야금 먹다 보면, 아마 20년 후에는 꿀 한 통을 다 비울지도 모르겠다. 꿀과 화해를 했다면서 어떻게 20년이나 걸리냐고? 어떻게 모든 관계가 찐득찐득 달콤하기만 할 수 있겠는가. 최대한 거리를 유지하면서, 서로의 사생활을 존중하며, 차츰차츰 서서히 가까워지는 관계도 필요한 법이다. 친구의 친구, 치즈의 친구로서 꿀을 사랑한다. 우리 평생 딱 이 정도만 가깝자.

의외의 단짝

술꾼 친구(정확히 말하면 망원동 술꾼들의 집합소, '바르셀로나' 사장님. 친한 언니 동생 사이로 지내고 있다.) 커플이 우리 집에 놀러 왔다. 술과 함께 먹으면 좋을 치즈를 같이 가져온다길래 두 팔 벌려 환영했다. 입맛이 섬세한 언니는 역시나 내가 먹어본 적도 없는 치즈들을 가지고 왔다. 치즈 이름부터가 섬세함이 뚝뚝 흘렀다. '랑세 델리스 드 부르고뉴'와 '사토리 샤도네이 벨라비타노'. 그리고 전혀 반갑지 않은 병들을 꺼내놓았다. 무화과 잼과 블루베리 잼이었다. '이건 왜?'라는 표정으로 언니를 바라보자, 언니는 별일 아니라는 듯이 말했다.

"같이 먹으면 맛있대. 우리 한번 먹어보자."

과연 비싼 치즈는 달랐다. 델리스 드 부르고뉴는 꼭 카망베르처럼 생겼다 생각했는데, 칼을 갖다 대는 순간, 이건 내가 한 번도 경험하지 못한 치즈라는 걸 알 수 있었다. 치즈가 어떤 저항감도 없이 스르륵 잘렸다. 그런 치즈 속도 처음이었다. 하얀 크림만 가득 차 있는 것 같았다. 맛도 딱 그랬다. 농밀한 크림을 입에 바로 떠 넣는 맛. 실제로도 우유에 크림을 따로 첨가해서 지방 함량이 엄청 높은 치즈라 했다. 먹자마자 엄청나게 고급스러운 맛이라는 걸 알 수 있었는데, 과연 가격도 그랬다.

"이렇게 여러 명 모일 때 큰맘 먹고 살 수 있는 치즈야."

언니의 말이 정확했다.

그리고 또 하나의 치즈. 샤도네이 벨라비타노. 이건 먼저 먹은 것과 달리 단단한 하드 치즈 계열이 었다. 하드 치즈 계열의 맛은 언제나 기대감을 크게 벗어나지 않기에, 이 치즈도 대충 그러하겠거니 생 각하며 입에 넣었다. 그리고 보기 좋게 혀를 한 방 얻어맞았다. 이놈아, 치즈 맛인 줄 알았지? 그럼 이 건 어떠냐 하며 갑자기 와인 맛이 혀끝을 감싸고 사 라졌다.

"우와, 언니. 이건 치즈에서 무슨 와인 맛이 다 나네요."

"그건 치즈 겉면에 샤도네이 와인을 발라서 숙 성한 치즈래. 그거 내가 사 온 잼 발라서 먹으면 맛 있을 것 같아. 랑세도 잼이랑 같이 먹으니까 더 맛있 더라고."

이건 정말 다 된 치즈에 잼 뿌리기가 아니고 뭔가. 이토록 완벽한 맛에 무엇을 더한단 말인가. 정말 말리고 싶었지만 나는 관대한 망원호프 주인장이니까 주인으로서의 태도를 견지하기로 했다. 다른 입맛들도 존중해야지. 그냥 잼 발라 먹도록 내버려뒀다는 이야기다. 그러나 나는 그렇게 먹지 않는다는 걸 눈치채고 남편이 말했다.

"한번 먹어봐. 맛있어."

남편은 누구보다 내 입맛을 존중하는 사람이다. 언제나 먼저 먹어보고 조금이라도 달면 "안 좋아할걸?"이라고 단호하게 정리해주는 사람이다. 그런 사람이 먹어보라고 권하고 있었다. 그리고 모두가 맛있게 먹고 있었다. 나도 잼을 슬쩍 발랐다. 어쩌면 브리 치즈에 꿀을 뿌렸을 때 괜찮았던 것처럼, 이것도 괜찮을 수 있다고 생각하면서.

하지만 그 이상이었다. 다시 혀를 한 방 맞았다. 이번엔 세게 맞았다. 맛있었다. 치즈의 감칠맛을 잼의 단맛이 끌어올려주고 있었다. 그리고 잼의 단맛도 치즈 덕분에 목소리를 높이지 못하고 은은하게 사라졌다. 랑세 치즈도 벨라비타노 치즈도 잼과 더

해지니 또 다른 매력이 대폭발하기 시작했다. 알고 보니 요즘 프랑스에서는 아예 치즈와의 페어링을 고려해서 단맛을 줄인 잼을 많이 만든다고 한다. 잼만큼 치즈와 단짝인 건 또 없어서.

그제야 생각났다. 언젠가 이탈리아 피엔차를 여행했을 때의 이야기다. 토스카나의 풍경을 보기 위해 간 곳이었지만, 도착하고 보니 그곳은 페코리노 치즈의 유명한 산지였다. 작은 마을에 치즈 가게들이 빼곡했고, 그 가게마다 각종 페코리노 치즈들이 가득했다. 3년 이상 숙성한 페코리노, 나뭇잎으로 감싸서 숙성한 페코리노, 신선한 페코리노, 페퍼론치노를 넣은 페코리노, 트러플을 넣은 페코리노, 숙성이 지나쳐 짙은 갈색빛을 띠는 페코리노 등등. 그렇게 수많은 페코리노를 영접하기 위해, 치즈 가게마다 손님들도 가득가득했다.

유독 손님이 적은 치즈 가게의 문을 열었더니 주인 할아버지가 몸을 일으켰다. 인사만 했을 뿐인데 할아버지는 무턱대고 시식용 치즈를 자르기 시작했다. 치즈를 사양할 내가 아니지. 하나하나 다르게 맛있어서 하나하나 반응하며 먹었더니 할아버지가 마지막엔 까만 병을 꺼내더니 치즈 위에 조금씩 짜 주었다. 그건 설탕을 넣어서 졸인 발사믹 식초, 발사믹 글레이즈였다. 그때도 이런 느낌이었다. 치즈의 짠맛과 발사믹 글레이즈의 단맛이 어우러진 신기한 단짠의 세계. 평소의 나라면 절대 시도하지 않았을 맛이 나를 기쁘게 만들고 있었다.

내가 정해놓은 '나'라는 사람의 경계는 어디까지 존중하고 어디부터 허물어야 하는 걸까? 어디까지가 고집이고 어디부터가 열린 태도일까? 분명 나를 제일 잘 아는 건 나라고 생각했는데, 그 생각 자체가 어느새 나를 편협하게 만들고 있었다. 경계를 알았다면, 슬며시 선을 넘어 밖으로도 나가볼 일이다. 거기에 어떤 세계가 있을지 알 수 없으니. 어디에 꽃이 피어 있을지, 무엇에 내 마음이 덜컹일지 알 수 없으니.

물론 그 세계가 별로라면 다시 안전한 내 세계로 돌아오면 된다. 경계가 명확하니 돌아오는 일도 간단하다. 치즈 덕분에 나는 내가 몰랐던 세상에 슬쩍 발을 들여보았다. 가장 확실하다 생각했던 나의 경계가 조금 희미해졌다. 그 틈으로 더 큰 세상이 밀려들 것이다. 사는 게 조금 더 즐거워질 것 같다.

텅 빈 지갑의 부자

회사에 들어가는 것이 인생의 목표였던 시절이 있었다. 그렇게 들어간 회사에서 퇴사하는 것이 인생의 목표였던 시절도 있었다. 내가 유별나서 벌어진 일은 아니라 생각한다. 회사원이라면 모두 열병처럼 그 시기를 거친다. 은밀하게 혼자 겪어내는 사람도 있고, 호되게 오랫동안 앓는 사람도 있다. 점심시간 내내 퇴사에 대해 수다를 떨어도 영혼이 목마른 느낌은 계속된다. 아무도 쉽게 떠나지는 못한다. 하지만 쉽게 퇴사의 꿈을 접지도 못한다. 좀처럼 땅에 발을 붙이지 못하고, 좀처럼 공중으로 떠오르지도 못하는 어정쩡한 시간들.

나는 오래도록 퇴사를 꿈꿨지만, 퇴사 대신 여행을 선택했다. 환율이 기어이 1유로에 1,900원을 찍고야 말았을 때, 나는 유럽으로 떠났다. 어쨌거나 지금 떠나야만 다시 제자리로 돌아올 수 있을 것 같았다. 좀 더 늦어졌다가는 내가 어디로 튀어버릴지 나도 자신이 없었다. 총 23일의 여정. 회사원의 휴가라기엔 길었고, 퇴사 대신 선택한 여행이라기엔 짧은 시간이었다.

파리, 남프랑스, 이탈리아 토스카나주를 계획 없이 떠돌았다. 그러다 여행이 겨우 나흘 남았을 때 나는 이탈리아 산지미냐노에 도착했다. 인포메이션 센터에 물어보니, 가장 저렴한 숙소는 수녀원이라고 말해주었다. 수녀원이 문을 여는 오후 2시까지 근처 카페에 앉아서 아이스크림을 먹으며 시간을 보냈다. 10월이었지만 아직 이탈리아는 여름을 보낼 생각이 없었다. 한낮이면 30도를 훌쩍 넘기는 강렬한 태양 아래에서 나는 시간이 흘러가는 모양을 지켜보았다. 그러다 2시. 가방을 챙겨서 수녀원으로 향했다.

삐걱 나무문을 열고 돌로 지은 건물로 들어갔더니 서늘했다. 작은 발걸음 소리도 큰 소리가 되어 울렸다. 배정받은 방에는 침대 하나와 작은 테이블과 의자, 그리고 작은 창문이 있었다. 마을의 중심에서 겨우 몇 걸음 옮겼을 뿐인데 수녀원이 있는 곳은 마을의 끝이었다. 그 말은, 그 작은 창문 밖으로 토스카나의 자연만이 끝도 없이 펼쳐진다는 이야기였다. 짐을 내려놓고 창문을 열었다. 한참 동안 창밖을 보았다. 아무 소리도 들리지 않았다. 사람 한 명, 차 한 대 지나가지 않았다. 온통 푸른 자연, 자연, 자연. 여행은 아직 나흘 남아 있었다. 피렌체, 시에나 등 유명한 관광지들이 지척이었다. 하지만 나는 거기서 그만 움직이고 싶었다. 손바닥보다 더 작은 마을이었지만 그냥 거기 머무르고 싶었다. 이 적막 속에서 그저 창밖만 보며 고요히 있으면 다 괜찮아질 것 같았다.

짐을 놓고 숙소 밖으로 나갔다. 오래전엔 수백 개의 탑이 있었다는 도시였다. 서로 힘을 과시하느라 그렇게 높이높이 탑을 쌓았다는데 이제는 몇 개 남지 않았다. 그 몇 개 안 되는 탑만으로도 산지미냐노는 충분히 먹고살 만한 것 같았다. 탑을 보고, 탑에 오르기 위해 그 작은 도시에 관광객들이 끝없이 몰려들었으니까. 나에게 남은 시간은 나흘이니까 탑을 볼 시간은 넘치고도 남았다. 나는 탑을 등지고 해가 지는 쪽으로 향했다. 벤치에 앉아 있던 한 할아버지가 내게 말을 걸었다. 짧은 대화 끝에 나는 희미하게 웃으며 다시 해가 지는 쪽으로 시선을 돌렸다. 할아버지는 인사를 하고 사라졌다. 곧이어 해도 넘어갔다. 하늘이 여러 색으로 바뀌다가 결국 짙은 남색이 되었다. 낮 시간 떠들썩하게 도시를 채웠던 관광객들은 사라졌다. 이젠 도시 전체가 적막으로 넘어가려는 찰나였다.

자리에서 일어나 숙소로 향했다. 그제야 출출함이 찾아왔다. 뭘 먹어야 할까. 혼자서 식당에 들어가는 건 어쩐지 부담스러운데. 높은 환율도 부담스럽고. 와인이나 한 병 사서 숙소에 들어가기로 마음먹고, 작은 식료품점의 문을 열었다. 오른쪽에는 와인이 가득했고, 왼쪽 진열장에는 치즈와 햄들이 가득했다. 저렴한 와인 한 병에 치즈와 햄을 좀 먹으면 딱 좋겠다 싶었다. 하지만 프랑스의 치즈 냉장고 풍경과 이탈리아의 치즈 냉장고 풍경은 좀 달랐다. 프랑스에는 카망베르처럼 손바닥만 하고 몰랑몰랑한 치즈들(연성 치즈)이 꽤 많았는데, 이탈리아에는 크고 무겁고 단단한 치즈들(경성 치즈)이 많았다. 그 말은 간편하게 한 덩이를 사서 들고 갈 수 없다는 이야기였다. 무조건 원하는 만큼 잘라서 사야 하는 것이다.

커다란 치즈 덩어리들 앞에서 나는 기부터 죽었다. 내가 아무리 조금만 달라고 말해도, 주인 할아버지의 치즈칼은 숭덩 썰어낼 것이다. 그 큰 칼이 한 번 치즈를 지나가고 나면, 사지 않을 도리가 없을 것이다. 그러니 신중해야 했다. 살 것인가 말 것인가. 마음이 오락가락하는 것과는 달리 몸의 의지는 확고했다. 내 몸은 이미 치즈 진열장 앞에 섰다. 주인 할아버지는 선한 눈빛으로 내 말을 기다리고 있었다. 나는 치즈 하나를 가리키며 말했다.

"저기요… 진짜 조금만 썰어주실 수 있나요?"

할아버지는 큰 칼로 꽤 넓은 면적을 잘라낼 준비를 하고 나와 다시 눈을 마주쳤다. 나는 질겁을 하며 엄지와 검지 사이를 살짝 벌리며 말했다.

"요만큼이요. 정말 조금만요."

할아버지의 큰 칼은 진짜 거의 치즈 끝에 가서 섰다. 그리고 다시 나와 눈을 마주쳤다. 나는 만면에 미소를 띠고 고개를 끄덕였다. 내 고개의 신호에 맞춰서 정말 얇게 치즈가 잘려 나왔다. 무게를 달아보니 1유로 정도밖에 되지 않았다. 그 말은, 더 많은 치즈들을 조금씩 사서 맛볼 수 있는 절호의 기회라는 뜻이었다. 나의 눈은 바쁘게 냉장고 안을 훑었다. 아까 그 치즈보다 더 갈색빛이 많이 섞여 있는 치즈로 눈이 향했다. 할아버지의 손도 곧바로 그 치즈를 향했다. 그리고 칼은 아까처럼 치즈를 얇게 잘라냈다.

이 정도 치즈면 오늘 밤 와인 안주로 충분하겠어. 내 욕망은 거침없이 이탈리아 햄, 살라미로 향했다. 주인 할아버지는 그중 하나를 들더니 고기 슬라이스 하는 기계에 넣고 종이처럼 얇게 딱 세 조각을 썰었다. 그러더니 나를 바라보았다. '더 썰어줄까?'라는 의미였다. 나는 "그 정도면 충분해요."라고 말했다. 할아버지는 아까 자른 치즈와 방금 자른 살라미를 각각 종이에 착착 싸서 무게를 잰 후에 나에게 내밀었다. 치즈 두 조각에 살라미 세 장까지 4유로도 안 되는 돈으로 나는 순식간에 부자가 되어버렸다. 와인 한 병까지 사서 숙소에 돌아왔다. 창문을 열고, 컴퓨터를 켜고 화상채팅창에 접속했다. (스마트폰이 없던 2009년의 일이다.) 남자친구가 기다렸다는 듯이 바로 화상채팅에 응했다. 남자친구는 늦은 새벽까지 대학원 공부를 하며, 혼자 유럽을 여행하는 여자친구의 시계에 맞춰서 지내는 중이었다. (그리고 그 남자친구는 훗날 남편이 되었다.)

하루 종일 거의 아무 말도 안 했으면서, 남자친구 앞에서는 수다쟁이로 돌변했다. 산지미냐노에 왔어. 처음 듣는 도시지? 진짜 작은 도시야. 커다란 탑들이 도시 여기저기에 있어. 같이 왔으면 좋았을 텐데. 여긴 수녀원인데 숙소로 개방을 하네. 저녁은 어떻게 하냐고? 들어오는 길에 와인이랑 치즈를 사 왔어. 조금 잘라달라고 그랬더니 진짜 조금 잘라주더라. 그래서 너무 좋았어. 나의 이야기가 끊기면 남자친구는 시선을 다시 책으로 돌렸다. 그럼 화상채팅 창을 켜놓은 채로 각자의 시간을 보내는 거다. 남자친구는 책을 보고, 나는 창밖을 봤다. 창 바로 앞에서 느리게 몸을 움직이는 사이프러스 나무, 어둠 속으로 깊숙이 잠긴 깜깜한 들판, 저 멀리 깜빡이는 작은 불빛들, 혼자가 아님을 알려주는 희미한 신호들, 깜깜한 하늘에 쏟아지는 별들을 하염없이 바라보며 와인을 홀짝이고 치즈를 먹었다.

그렇게 나흘을 보냈다. 매일 와인과 이름 모를 치즈들을 사서 수녀원으로 돌아왔다. 할아버지는 매일 다른 치즈를 저며내듯 얇게 잘라주었다. 매일 다른 살라미도 서너 장씩 잘라주었다. 겉이 딱딱한 이탈리아 치즈들의 속은 짭짤하니 고소했다. 후추가 씹힐 때도 있었고, 코끝을 쨍하게 하는 홍어 향이 스치기도 했다. 매운 음식이 고플 땐 페퍼론치노가 들어간 치즈를 골랐다. 어쨌거나 모두 와인과 기가 막히게 어울렸다. 와인과 치즈와 살라미. 그리고 컴퓨터 화면엔 남자친구. 창밖엔 토스카나 풍경. 매일 밤, 나는 모든 것을 가진 사람이 되었다. 텅 빈 지갑의 부자가 되었다.

마지막 날, 와인과 치즈에 취한 밤, 나는 다시 밖으로 나왔다. 거리는 텅 비어 있었다. 늦은 시간까지 떠나지 않고 아이스크림을 먹으면서 수다를 떠는 아이들 몇몇만 광장을 지키고 있었다. 나도 그들과 멀지 않은 분수 곁에 앉았다. 가끔씩 지나가는 사람들을 쳐다보고, 하늘을 보고, 우뚝 솟은 탑을 보고, 멀리서 연하게 스치는 웃음 소리를 마음에 담았다. 아직 혀끝에는 방금 먹었던 치즈 맛이 남아 있었다. 23일 동안 모든 것이 변했다. 그리고 아무것도 변하지 않았다. 나는 휴대폰을 켜서, 퇴사하려는 나를 붙잡아 기어이 휴가를 보낸 팀장님에게 문자를 보냈다.

이로써 충분해졌습니다.

다시 돌아갑니다.

프렌치 어니언 수프

"라테는 말이야."라는 유행어를 처음엔 못 알아 들었다. 갑자기 아메리카노의 시대가 가고 라테의 시대가 당도한 것처럼 곳곳에서 그 말이 들렸는데 나는 조금도 관심을 기울이지 않았다. 나의 유일한 커피 고민은 '아아'냐 '따아'냐지 라테는 끼어들 틈이 없으니까. 그러던 어느 날, 횡단보도 앞에서 신호를 기다리다가, 그러니까 완전히 딴생각을 하다가 갑자기 "라테는 말이야."의 뜻을 깨달아버렸다. 스스로 가 꼰대라는 걸 깨달아버렸다고 해야 하나. 나도 모르게 얼마나 자주 저 말을 썼던가. 하지만 이 글만은 "라테는 말이야."로 시작해야 할 것 같다. 어떤 기억은 세대를 극명하게 가른다.

라테는 말이야, 생일 시즌이면 패밀리 레스토 랑에 가야 했다. 패밀리 레스토랑의 전성시대였던 2000년대 초, 'T.G.I.'와 '베니건스'에서는 생일날 '케 이준 치킨 샐러드'를 무료로 줬기 때문이다. 무려 13,900원짜리 샐러드가 공짜였으니, 친구랑 가서 추 가 메뉴 하나와 오렌지에이드 하나만 시키면 몇 시 간이건 놀 수 있었다. 오렌지에이드는 다른 탄산음

료로 리필도 무한정 가능했다. 심지어 눈치를 주는 사람도 없었다. 눈치는커녕 세상에서 우리 같은 대학생 나부랭이에게 가장 친절한 곳이 있다면 바로 그곳이었다. 조금만 잔이 비어도 "리필해드릴까요?"라고 물었다. 끝까지 웃으며 물었다. 어둑어둑한 조명과 널찍한 공간 배치, 그리고 자리에 앉아서 하는 계산까지. 그건 미리 맛보는 성공이었다. 물론 너무 성공에 취하는 건 곤란했다. 계산할 때 통신사 할인카드를 내미는 알뜰함이 필요했기 때문이다.

하루는 친구가 수프도 시키자고 말했다. 하나에 10,000원도 넘는 수프를 시키자니! 이것이 생일자의 플렉스! 고심 끝에 어니언 수프를 시켰다. 메뉴판에 '치즈를 듬뿍 올린'이라고 적혀 있었지만 그 정도일 줄은 몰랐다. 이토록 치즈를 플렉스해버린 어니언 수프라니. 어니언 수프는 채썬 양파를 버터에 볶고 볶고 또 볶고 서너 시간 동안 볶아서 닭육수와 와인을 넣어 끓인 후 그 위에 그뤼에르 치즈를 듬뿍 올려서 내는 프랑스 요리이다. 이 레시피의 핵심은 양파다. 하지만 내 기억 속 어니언 수프의 핵심은 치즈였다. 불에 그을린 모차렐라 치즈가 그야말로 양파 수프를 압도할 기세로 그 위에 올라가 있었다. (때는 바야흐로 1990년대 말. 그 압도적인 양과 가격을 생각한다면 그건 분명 그뤼에르가 아니라 모차렐라 치즈였다.)

한입 푹 떠서 입에 넣었다. 순식간에 치즈가 입 안에 가득 찼다. 쫄깃하고 고소하고 풍성한 맛이 입 안을 빼곡히 채웠다. 질경질경. 치즈에 같이 딸려서 들어온 양파 수프는 이미 목구멍으로 넘어간 지 오래였다. 하지만 질경질경. 아무리 씹어도 치즈가 끝나지 않았다. 질경질경. 계속 계속 쫀득하고, 계속 계속 고소했다. 그야말로 치즈가 껌처럼 씹혔다. 질경질경.

"야, 치즈가 껌처럼 씹힌다."

"그렇네. 니 진짜 좋아하겠다."

"완전. 니는? 니는 별로가?"

"아니, 이거 진짜 내가 좋아하는 맛인데? 야야, 우리 너무 고급스럽다 야."

서울 종로 한복판에서 대구 사투리로 호들갑을 떨며 우리는 정말 부자가 된 것 같았다. 이 문밖을 나서면 내일부터는 다시 3,000원짜리 학생식당 앞에서도 통장 잔고를 생각해야 했지만, 그 순간만은 대구 촌년들이 그보다 더 성공할 수는 없었다. 성공의 맛을 질경질경. 평생 씹어도 결코 질리지 않을 그 맛을 질경질경.

그로부터 10년도 더 지난 어느 날, 남편과 나는 프랑스 리옹에 도착했다. 그곳에서 유명한 부숑(Bouchon, 프랑스 전통 가정식 요리를 내는 음식점. 리옹 지역의 식당들이 특히 유명하다. 우리 식으로 말하자면 전라도 한정식집에 가깝달까. 맛이 없으려야 없을 수 없다.)을 찾았다. 무얼 먹을까 메뉴판을 정독하고 있는데 '프렌치 어니언 수프'가 내 눈에 딱 들어왔다. 마침내 때가 되었다. 진짜 프렌치 어니언 수프를 먹어볼 때가. 잠시 후, 동그란 수프 그릇에 치즈가 잔뜩 올라간 어니언 수프가 등장했다. 이번엔 진짜였다. 맛도 치즈도 분위기도 모두 진짜였다. 너무너무 맛있었다. 이제까지 내가 먹어본 어니언 수프 중 단연 최고였다. 치즈를 입에 가득 넣고 나는 남편에게 말했다.

"말했나? 예전에."

"응. 껌처럼 씹혔다며."

"그냥 치즈를 죽자고 올려놨었어. 하루 종일 그것만 씹어도 행복했을 거야."

프랑스에서, 그것도 프랑스 미식의 중심인 리옹, 그것도 프랑스의 집밥처럼 푸근하고 양 많이 주고 맛있다고 소문난 음식점에서, 이번엔 싸구려 냉동 모차렐라 치즈가 아니라 그뤼에르 치즈가 잔뜩 올라간 진짜 어니언 수프를 앞에 두고, 나는 또 패밀리 레스토랑의 어니언 수프를 추억해버렸다. 기억 속 맛을 이길 수 있는 음식은 세상 어디에도 존재하지 않는다. 그 맛은, 그 식감은, 이미 기억 속 명예의 전당 한가운데에 못을 박았다. 범접 불가능한 신화의 단계로 진입했다. 이길 도리가 없는 것이다. 아마 평생 어니언 수프를 앞에 두고 나는 말할 것이다.

"라테는 말이야, 생일이면 무조건 패밀리 레스토랑에 갔는데, 거기서 어니언 수프를 시키면 치즈가 껌처럼 씹혔어."

꼰대의 길은 이처럼 쉽다.

1유로의 기억

이상했다. 이럴 리가 없는데…. 아무리 28번 트램이 리스본의 명물이라도 이럴 리는 없는데…. 지금은 겨울. 리스본의 비수기. 어딜 가도 사람이 드물고, 어떤 관광지라도 여유로운 시기였다. 28번 트램을 타기 위해 여름엔 그렇게나 줄을 선다지만, 겨울의 사정은 달랐다. 줄을 설 필요도, 기다릴 필요도 없었다. 올라타면 자리마저 텅텅 비어 있는 경우가 많았다. 그러니 이건 이상했다. 트램 안에서 나는 사람들 틈에 싸여 옴짝달싹할 수가 없었다. 앞사람과 옆사람과 뒷사람이 마치 출근길 지옥철처럼 나를 압박했다. 크로스로 메고 있던 가방 지퍼에 손이 꽉 눌려 비명이 나올 것 같았지만, 손을 움직일 수도 없었다. 남편은 보이지도 않았다. 사람이 많아도 많아도 너무 많은 트램 안이었다.

몇 정거장이 지나자 사람들 몇이 내렸다. 그제야 손을 약간, 아주 약간 움직일 수 있었다. 가장 먼저, 어깨에 멘 카메라를 가방 안에 넣어야겠다는 생각이 들었다. 이렇게 번잡한 곳에서 떨어뜨리기라도 한다면? 끔찍했다. 손을 꼼지락꼼지락 움직여 지퍼에 도착한 순간, 등줄기가 서늘해졌다.

가방이 열려 있었다. 지갑이 사라지고 없었다. 순간 멍했다. 이게 무슨 일이지. 내가 열었었나? 지갑을 안 가져왔었나? 그럴 리 없었다. 방금 전에도 지갑을 열어 트램 티켓을 샀고, 늘 잘 잠그라고 말하는 남편 덕분에 트램을 기다리며 분명 꽁꽁 닫았었다. 발뒤꿈치를 들고 저 멀리 남편에게 다급하게 외쳤다.

"오빠, 지갑이 없어!"

"뭐?"

나의 당혹스러운 얼굴과 몸짓은 순식간에 주변으로 퍼졌다. 분명 한국어로 이야기했는데, 바로 옆에 있던 외국인이 나에게 이렇게 소곤거렸으니.

"I think that man took your wallet. (내 생각엔 저 남자가 네 지갑을 가져간 것 같아.)"

고개를 돌린 순간, 내리는 문 앞에 거의 다 도착한 남자가 보였다. 나는 트램의 앞쪽에 있었는데, 어디서 그런 스피드와 힘이 난 걸까. 나는 수많은 사람들을 그야말로 번개같이 헤집고, 막 내리려는 젊은 남자의 팔목을 낚아챘다. 그리고 소리 질렀다.

"You took my wallet! (니가 내 지갑 가져갔지!)"

"No! (아니!)"

"YOU TOOK MY WALLET!! (니가 가져갔잖아!!)"

"NO!! (아니라고!!)"

두 번이나 추궁을 했는데, 남자는 너무나도 강하게 부인했다. 순간 머릿속이 복잡해졌다. 아닐 수도 있다. 이 사람이 범인이라는 증거가 어디 있는가. 설마 나에게 이 사람이 범인이라 알려준 그 사람이 범인이 아닐까. 누가 알겠는가. 어쩌면 나는 무고한 사람에게 행패를 부리고 있는 것일 수도 있다. 어쩌지. 어떡하지. 정말 찰나의 순간에 별의별 생각이 다 머리를 지나갔다.

하지만 선택의 여지가 없었다. 트램 기사도 문을 열어놓고 기다리고 있었다. 이 사태가 마무리되기 전까지는 떠날 생각이 없는 것이다. 트램 안의 사람들도 모두 나를 쳐다보고 있었다. 이 사태의 끝을 보겠다는 심산인 것이다. 나에게는 단 하나의 선택지만 남아 있었다.

"YOU TOOK MY WALLET!!!!! (내 지갑 내놓으라고오!!!!!)"

나는 다시 한번 외쳤다. 주사위는 던져졌다. 저

사람은 이제 어떤 선택을 할 것인가. 예수를 세 번 부인한 베드로처럼 또 한 번 NO를 외칠 것인가. 그럼 나는 어떡해야 하나. 잃어버린 지갑은 이번 여행 나의 십자가가 되어 내내 나를 힘들게 할 것이었다. 복잡한 생각으로 남자를 잡은 손에 힘을 더 꽉 주는 순간, 그 남자는 바닥에 뭔가를 툭 던지며 강하게 자기의 손목을 내 손아귀에서 빼냈다. 그러더니 욕설을 내뱉으며 트램에서 내려 달아났다. 남자가 던진 것은 다름 아닌 나의 지갑이었다. 사람들 발치에 떨어진 지갑을 줍고 나자 그제야 손이 덜덜 떨렸다.

"지갑 찾았어!"라고 외치는데 어라, 남편이 보이지 않았다. 지갑 잃은 여자에 이어 남편 잃은 여자가 되는 것인가. 어리둥절해 있는데 남편이 허둥지둥 저 멀리 앞문으로 올라탔다. 우리 둘은 가운데에서 다시 상봉했다.

"왜 내렸었어?"

"당신 옆에 있던 사람들이 그 범인을 뒤에서 잡으라고 그러더라고. 혹시 도망갈 수도 있으니까."

"저 사람들은 나한테 범인도 알려주고, 당신에게는 범인 잡는 법도 알려줬네."

독일에서 온 그 은인들에게 고맙다고 인사를 했다. 얼마 지나지 않아 관광객들은 큰 광장에서 우르르 내렸다. 텅 빈 트램에 그제야 털썩 주저앉아 남편과 서로의 경험을 끼워 맞추기 시작했다. 남편의 이야기를 들어보니 그렇게까지 붐빈 트램은 아니었단다. 손가락을 못 움직일 정도는 아니었다고. 하지만 내 손에는 아직까지도 지퍼 자국이 선명했다. 그렇다면 분명, 나를 노리고 몇 명이 사방에서 나를 압박한 것이다. 그들이 교묘하게 나와 남편 사이를 파고들어서, 남편의 시선으로부터도 나를 차단시키고 지갑을 꺼낸 게 분명했다.

하지만 그들이 간과한 것이 있었으니 그건 바로 나의 용기! 순발력! 과감한 행동! 폭발한 힘! 물론, 더 큰 사고로 이어지지 않은 게 가장 큰 다행이었다. 만약에 그들에게 나를 해칠 수 있는 것이 있었다면? 그들이 정말 나쁜 마음을 먹었다면? 그만. 일어나지 않은 비극에 대해 상상력을 발휘해 스스로를 더 불안하게 만들 필요는 없는 법이다.

결론은 명확했다. 잃어버릴 수도 있었던 지갑을 다시 찾았다. 없어질 수도 있었던 돈이 다시 내 것이 되었다. 누가 또 이 돈을 가져가버리기 전에, 내가 써버리자. (응?)

그 결심이 하늘에 닿은 게 분명했다. 목적지에 내렸더니 마침 큰 성당이 있었고, 마침 그 성당에선 벼룩시장이 열리고 있었다. 신의 뜻은 명확했다. 자, 내가 너를 위해 다 마련해놓았으니, 얼른 가서 너의 뜻을 실천하거라. 종교도 신앙심도 없는 나였지만, 이번만은 신의 뜻을 거역할 수 없었다.

"나 여기서 돈 다 쓸 거야. 내 돈이 아닐 뻔했는데 다시 내 돈이 되었으니, 벼룩시장에서 다 쓸 운명인 거지."

하지만 금방 난감해졌다. LP도 1유로, 커피 잔도 1유로, 집었다 하면 다 1유로였다. 여기서 내가 가진 돈을 다 쓰려면, 음… 100개도 넘게 사야 되네? 그럼 공항에서 당장 걸리겠네? 아니, 그 짐을 들고는 공항까지 가지도 못하겠네? 말도 안 되는 계획은 집어치우고, 설렁설렁 물건들을 보며 다시 신의 뜻을 기다렸다. 여기는 성당이니 신의 뜻이 더 쉽게 도착할 것 아닌가?

역시나. 그분의 뜻은 다이렉트 메시지로 빠르게 도착했다. 내 눈앞에 기적처럼 치즈 가는 도구가 나타났으니. 막대기 끝의 둥근 부분에 치즈를 넣고 손잡이를 돌리면 치즈 가루가 은총처럼 떨어지는 도구. 물론 그것도 단돈 1유로였다. 나는 잠깐 남의 손에 다녀온 내 지갑을 열어 호기롭게 1유로를 지불했다.

살 때는 무척 잘 쓸 것 같았지만, (여행지에서 산 대부분의 물건이 그렇듯) 생각보다 그 도구를 꺼낼 일은 많지 않다. 실은 집에서 요리를 별로 하지 않으니, 치즈를 갈 일 자체가 잘 없다. 그렇다고 해서 그 도구를 내가 다시 벼룩시장에 내다 파는 일은 없을 것이다. 그 치즈 도구에는 그날 오전의 기억이 통째로 담겨 있으니까. 도둑맞았던 지갑을 당당히 되찾았고, 덕분에 흔치 않은 치즈 도구도 얻었고, 가끔 치즈를 갈 때마다 얘기할 으쓱한 무용담까지 생겼다. 이 모든 걸 단돈 1유로에 샀으니 아무리 생각해도 그날 나는 꽤나 남는 장사를 했다.

감자칼의 이중생활

각종 이야기와 사연을 담고도 겨우 1유로밖에 하지 않는 치즈 도구가 있는가 하면, 볼 때마다 젊고 어리석고 안쓰러운 나를 담고 있는 비싼 치즈 도구도 있다. 말 그대로 그때 나는 너무 어렸고, 알 수 없는 욕망에 사로잡혀 있었고, 그에 비해 아는 건 너무 적었고, 정확한 정보를 찾아보기에 기술은 너무 뒤떨어져 있었다. 그때 내 손에 있는 것은 치즈 가게 주소 하나, 그리고 그곳에는 유난히 많은 치즈 도구를 판다는 책 속 한 줄의 정보였다.

파리 봉마르셰 백화점 근처에 있다는 그 치즈 가게를 찾고 싶었다. 그땐 봉마르셰가 얼마나 유명한 백화점인지, 얼마나 많은 식재료와 주방 도구들이 있는 곳인지도 몰랐다. 다만 남들과 다른 여행을 하고 싶다는, 남들이 가지 않는 곳에 찾아가서 남들은 모르는 도구를 사고 싶다는 밑도 끝도 없는 열망에 사로잡혀 있었다. 굳이 변명을 하자면 치기 어린 이십대였고, 나라면 다른 걸 할 수 있다는 부서지기 쉬운 자신감만 있을 때였다. 하지만 세상은 훨씬 더 복잡하고, 더 단단한 혼란으로 가득 차 있는 곳이었다. 몇 시간을 헤맸지만 주소 속 그 치즈 가게는 나타나지 않았다. 오늘도 나의 아집으로 망해버렸구나, 라는 확신만 더 강해졌다.

무슨 치즈 도구를 그렇게나 사고 싶었냐고? 그것도 나는 몰랐다. 그냥 운명처럼 어떤 것이 내 앞에 모습을 드러낼 거라는 직감만 있었다. 이십대는 운명론자가 되기에 가장 쉬운 나이니까. 아, 아니 그런 건 보통 십대에 졸업하나? 모르겠다, 여튼.

늦은 오후가 되어서야 내가 실패했다는 걸 깨달았다. 아까운 하루가 그렇게 날아가버리고 있었다. 무작정 샹젤리제 거리 쪽으로 가는 지하철을 탔다. 딱히 거기 가고 싶었던 것이 아니라 어디를 가야 할지 몰랐던 거다. 지하철 역에서 내려서 목적지 없이 걸었다. 오래전 그랬던 것처럼 우연히 예쁜 공원이나 만났으면 좋겠다 싶었다. 다리가 많이 아팠고, 좀 앉아서 쉬고 싶었다. 바라는 건 이제 그것뿐이었다. 그때 내 앞에 예쁜 홍차 틴케이스들로 장식된 쇼윈도가 나타났다. 나는 홀린 듯이 들어갔다. 그런데 이게 무슨 일인가. 그 가게 안에서 각종 치즈 도구들이 신기루처럼 내 눈앞에 나타난 것이다. 나 오늘 하루 종일 뭘 한 거지?

울고 싶어졌다. 내가 너무 한심했고, 내 눈앞의 치즈 도구들은 너무 어려웠다. 상상 속에서는 운명처럼 나에게 딱 맞는 도구를 알아볼 거라 생각했는데, 뭐가 뭔지 알 수가 없었다. 너무 오랫동안 헤매고 있는 내가 불쌍했는지, 손님이 없어서 심심했는지, 점원이 나에게 다가와서 물었다.

"어떤 걸 찾아?"

"음, 치즈 자르는 칼을 사고 싶은데, 뭐가 뭔지 모르겠어."

"아. 이건 ××××치즈 자르기에 적당하고, 이건 ○○○○치즈 자르는 칼이야. 이걸로는 △△△△치즈를 자르면 어쩌고 저쩌고 쏼라쏼라⋯."

알아들을 수 있는 단어가 없었다. 무슨 치즈가 도대체 어떤 특성이 있는 건지, 그 치즈는 왜 이 칼로 잘라야 하는 건지, 그냥 칼로 자르면 안 되는 건지, 나는 도무지 알 수가 없었다.

"카망베르를 자르려면?"

점원은 바로 끝에 쇠줄이 팽팽하게 달려 있는 도구를 건넸다. 부드럽고 끈적끈적한 치즈니까 가는 줄 칼로 자르면 잘 잘린다는 설명이었다. 처음 보는 그 신기한 칼을 나는 바로 계산했다. 그 옆에 누워 있는 납작하고 작은 칼도 하나 같이 계산했다. 실은 그게 무엇이든 나는 샀을 것이다. 뭐라도 사야 했기 때문이다. 어리석은 나의 오후를 어떻게든 메꿔야 했다. 이렇게 쉽게 살 수 있는 거였는데. 이렇게 별것도 아닌데. 뭘 그렇게 기를 쓰고 꿈꿨을까. 무럭무럭 자라오르는 한심한 감정을 치즈칼들과 함께 가방에 넣고 잠가야 했다. 됐다. 샀으면 됐다.

벌써 10년도 더 전에 산 그 칼은 아직도 잘 쓰고 있다. '칼들'이라 말할 수 없는 이유는, 줄 칼이 달려 있던 그 치즈 도구는 한국에 돌아와 얼마 지나지 않아 끊어져버렸기 때문이다. 그 하루가 그렇게 허무한 결말로 끝난 것처럼. 더 허무한 결론은? 우리 집에서 제일 열심히 일하는 치즈칼은 따로 있다는 것. 뭐냐고? 바로 감자칼. 단단한 치즈를 그걸로 얇게 저며내면 딱 적당한 두께의 치즈를 즐길 수 있다. 이 사실을 깨달은 뒤로는 언제나 감자칼을 꺼낸다. 그렇게 유난을 떨며 파리 골목을 헤매더니 결국 감자

칼로 치즈를 자르고 있다.

파리의 치즈칼과 서울의 감자칼만큼, 사십대의 나는 이십대의 나와 달라졌다. 남들에게 자랑하기 좋은 값비싼 치즈칼보다, 언제든지 편하게 꺼낼 수 있는 감자칼을 더 기특해한다. 이제는 남의 눈을 덜 신경 쓴다. 어떻게 보이더라도 상관하지 않는다. 없어 보여도 딱히 상관없다. 내가 어떻게 보이더라도 '진짜 나'와는 상관없으니까. 어쨌거나 사십대의 김민철은 감자칼로 치즈를 잘라도 맛있다는 걸 안다. 얇은 그 치즈를 먹으며 재미있게 시간을 보내는 게 더 중요하다는 것도 안다. 여기까지 오는 데 참으로 오래 걸렸다.

죄책감 극복 프로젝트

3만 원이 인생의 목표였던 시절이 있었다. 3만 원을 들고 시내를 마음껏 휘젓고 싶었다. 딱 3만 원만 있으면, 뭐든 다 살 수 있을 것 같았다. 더도 말고 덜도 말고 3만 원만 있으면. 중학교 2학년 때였다. 몇 달을 모았을까. 용돈은 진짜 한 푼도 안 쓰고, 문제집 사고 남는 돈도 엄마한테 안 돌려줬는데, 진짜 지독하게 모았는데 겨우 2만 원이었다. 하지만 중학교 2학년의 지갑에도 쨍하고 해 뜰 날이 있었으니. 어느 날 놀러 온 엄마의 친구분이 내 사정을 듣고 깔깔 웃으시더니 지갑을 열어 만 원을 턱 건네주셨다. 무려 만 원이나! 덕분에 나는 겨울방학의 어느 날, 시내에 입성했다.

서울엔 '시내'란 개념이 없지만 (처음 서울에 올라왔을 때 그 사실에 너무 놀랐다.) 대구엔 있다. 대구 유행의 중심! 쇼핑의 한복판! 각종 가게들의 흥망성쇠가 드라마틱하게 펼쳐지는 곳! 바로 동성로였다. 당당하게 소품 가게에 들어가서 일제 스티커부터 몇 개 샀다. 평소엔 너무 비싸서 감히 살 엄두도 못 내던 스티커들이었다. (아마 1,800원쯤 했을 거다.) 엽서들도 많이 샀다. 초등학교 내내 모은 엽서가 집에 한가득이었지만, 중학생이 되고 보니 영화 포스터 엽서가 간절해졌다. (한 장에 100원이었다.) 그리고 당시 광고음악으로 유명해진 빌리 홀리데이 테이프를 샀다. (그건 5,000원.) 스티커, 엽서, 카세트테이프. 내가 원한 건, 겨우 그거였다. 하지만 원하는 걸 손에 다 넣고 봤더니 너무 볼품이 없었다. 몇 달을 그 유난을 떨면서 돈을 모은 결과가 겨우 이거라고? 내가 봐도 좀 너무하다 싶었다. 뭔가 그럴듯한 게 필요했다. 그럴듯한 건 어디에 있다? 백화점이지. 그렇게 시내의 중심, 대구 백화점의 문을 혼자서 처음으로 열고 들어갔다.

과연 백화점이었다. 몇 시간 전까지만 해도 3만 원으로 못 살 게 없었는데, 순식간에 살 수 있는 게 사라졌다. 모든 것들이 지나치게 비쌌다. 시골쥐가 된 기분으로 나는 1층의 엘리베이터 옆 매대에 쌓여 있는 장갑을 집어 들었다. 명색이 백화점에서 파는 물건이라 메이커였다. 에스카다. 두툼하니 따뜻할 것 같았고, 운명처럼 가격도 만 원이었다. 무엇보다 그럴듯했다. 몇 달 동안 그 유난을 떨었으니 에스카다 정도는 사야 할 것 같았다. 나는 당당하게 그 장갑을 끼고, 스티커와 엽서와 카세트 테이프를 가지고 집으로 복귀했다.

"엄마 엄마, 내 뭐 샀게?"

"뭐 뻔하지. 스티커랑 엽서랑 그런 거 산 거 아이가."

"이것도 샀지롱. 장갑 이쁘제? 이거 에스카다에서 산 거다. 얼마게?"

"만 원?"

"우와. 어떻게 그렇게 딱 맞추노? 대단하대이."

"니는 비싼 건 못 사잖아."

어떤 말은 좀처럼 지워지지 않는다. 마음속에서 용암처럼 굳는다. 비석처럼 우뚝 선다. 굳건한 진실이 된다. 아직도 이 말을 종종 곱씹는다. 니는 비싼 건 못 사잖아. 그리고 아직도 그 말은 사실이다. 비싼 건 잘 못 산다. 회사를 한 번도 안 쉬고 17년을 다녔으니, 돈이 궁해서는 아닌 것 같다. 발품을 팔아서 더 싸게 사는 것보다 덜 고생하고 더 비싸게 사는 걸 선호하는 걸 보면, 돈을 아까워하는 것 같지도 않다.

다만 비싼 것 앞에서는 가지고 싶다는 욕구도, 못 가진다는 아쉬움도 싸늘하게 식어버린다. 유명한 호텔이라는데 한번 가볼까? 싶다가도 가격을 아는 순간 마음이 너무 불편하다. 유명한 그 레스토랑에 나도 한번 가볼까? 싶다가도 가격을 아는 순간 죄책감이 고개를 든다. 이상하게 나의 '비싸다.'의 기준은 내 통장 안의 돈이 아니라 나의 죄책감과 결부되어 있다.

　진짜 이상하지만 사실이 그렇다. 나는 옷 한 벌을 위해 죄책감 없이 돈을 얼마까지 쓸 수 있는가? 하룻밤 숙박을 위해 얼마까지 기꺼이 쓸 수 있는가? 한 끼 식사를 위해서는? 하룻밤의 공연을 위해서는? 언제나 이런 질문들이 나를 따라다닌다. 이 답은 절대 객관적일 수 없다. 철저하게 주관적이고, 끝까지 주관적이어야 한다. 돈이 많다고 해서 저 기준이 높아야 하는 것이 아니고, 돈이 적다고 해서 저 기준을 낮춰야 하는 것도 아니다. 그리하여 지금까지 나는 이 근원을 알 수 없는 죄책감과 사이좋게 살아왔다. 어쨌거나 그 죄책감도 나의 일부이므로. 모두 어느 정도는 이해되지 않는 자신도 받아들이며 살고 있으므로. 때론 체념이 가장 현명한 답이 되므로.

하지만 살면서 한 번쯤은 죄책감에게 "좀 닥쳐줄래?"라고 말하게 될 것 같다. 아니, 말해야만 한다. 프랑스 레스토랑의 치즈 카트를 봐버렸기 때문이다. 프랑스에서는 식사를 다 마치고 디저트를 먹기 전에 치즈를 먹는다고 한다. 치즈가 당당하게 식사의 한 코스로 포함되어 있는 것이다. 그러고 보니 심지어 에어프랑스 기내에서도 밥을 먹고 났더니 치즈를 내줬다. 내가 무슨 비즈니스석에 앉은 것도 아닌데 그랬다.

하늘 위에서도 그럴진대 미슐랭 별을 받은 프랑스 레스토랑이라면 어떻겠는가? 각종 요리들이 코스로 나온 후에, 마지막에는 치즈들을 카트로 끌고 나온단다. 어찌 그리 잘 아냐고? 블로그에서 봤다. 30~40개의 치즈들이 카트 위에서 영롱하게 빛나고 있었다. 소박하게 그 지방 치즈만 추려왔다는 레스토랑에서도 10개가 넘는 치즈 덩어리를 카트에 모시고 나올 지경이니. 그리고 원하는 치즈들을 그 자리에서 잘라서 서빙해준단다.

심지어 보통의 치즈가 아닐 것이다. 그런 고급 레스토랑에서는 버터 하나, 오일 하나도 범상치 않으니, 치즈도 아마 일반 치즈 가게에서는 쉽게 구할 수 없는 명품 치즈일 것이다. '명품'이라는 단어가 나를 흔든 적은 한 번도 없지만, '명품 치즈'라면 이야기가 완전히 달라진다. 욕망이 꿈틀거리기 시작한다. 열망이 터져나오기 시작한다. 죄책감은 잠잘 시간이다.

그렇다. 언젠가 프랑스에 다시 가게 되면 (부디 코로나19가 잠잠해지고, 이런 꿈을 마음껏 꿀 수 있는, 다시 여행이 일상이 되는 그 시간이 왔으면.) 꼭 치즈 카트를 내 눈으로 보고 싶다. 여유 있게 한 점 한 점을 혀끝으로 느끼며, 혀뿌리까지 환호를 내지르며, 영혼에 새겨넣고 싶다. 바라건대 그때는 내 죄책감이 잠자코 있어주면 좋겠다. 한 번쯤은 그래도 된다고 말해줬으면 좋겠다. 누군가에게 피해를 주는 것도 아니고, 남의 돈으로 하겠다는 것도 아니고, 매일 그러겠다는 것도 아니고, 단 한 번의 호사니, 그날만큼은 나를 제발 내버려뒀으면 좋겠다.

내가 나에게 하루쯤은 좀 관대해지기를 바란다. 자신만의 기준은 중요하지만 조금 더 풍성한 경험을 위해, 조금 더 섬세한 감각을 위해, 조금 더 오래 곱씹을 추억을 위해, 조금 더 많은 가능성을 위해, 스스로 정한 그 기준을 슬쩍 어겨보는 것도 가끔은 필요하니까. 그 일탈이 나를 또 어디까지 이끌고 갈지 모르니까.

김장하는 마음으로

치즈, 오로지 치즈에 관한 책을 쓰고 싶었다. 포부는 그랬다는 이야기다. 하지만 쓰면 쓸수록 유럽 여행기가 되어가는 느낌이다. 실패의 향기가 마치 블루치즈처럼 진하게 난다. 사실 이건 실패가 예정된 도전이긴 했다. 치즈의 종주국이 프랑스와 이탈리아인데 어떻게 그 나라들을 빼고 치즈 이야기를 할 수 있겠는가. 카망베르 치즈 이야기를 하려면 프랑스 이야기를 해야만 한다. 브리 치즈는, 콩테 치즈는 또 어떻고. 이탈리아 이야기를 빼고 모차렐라 치즈나 파르메산 치즈 이야기를 할 수 있는 재주가 내겐 없다.

벌써 20년이 다 되어가는 이야기다. 프랑스로 유학 간 막내이모와 채팅을 했었다.

"이모야 뭐 하노."

"치즈 묵는다. 올해 여기 치즈 대회에서 1등한 치즈지롱. 느무느무느무 맛있다."

"엇, 이름이 뭐꼬. 나도 찾아봐야겠다."

"이름 말해줘도 아무 소용 없을걸? 한국에서는 못 구하지롱."

이모 말이 맞았다. 이름을 알아서 도대체 뭘 하겠다는 말인가. 구할 수가 없는데. 치즈 중독자에겐 잔인하고도 잔인한 현실이다. 프랑스에서는 동네 아무 슈퍼마켓만 가도 한국의 유명 백화점보다 훨씬 많은 종류의 치즈를 만날 수 있다. 당연하다. 그들에겐 주식이니까. 우리나라 아무 편의점만 가도 외국 어떤 슈퍼마켓보다 더 많은 종류의 라면들을 만날 수 있는 것과 같은 이치다. 억울할 것도 없고, 불평할 것도 없다. 다만 치즈 중독자로서 그들의 치즈 환경이 부럽다. 이 부러움은 오래되어 이젠 모차렐라 치즈처럼 쭈욱 늘어난 상태지만, 도무지 끊어지지가 않는다.

치즈가 주식인 나라들의 마트에 가면 대부분 유제품 코너에 기성품 치즈 냉장고가 어마어마한 규모로 자리해 있다. 우리가 아는 슬라이스 치즈는 거의 찾아볼 수 없다. 이름도 모르는, 맛을 짐작조차 할 수 없는 치즈들이 까마득한 우주처럼 펼쳐진다. 카망베르 치즈 하나를 사려고 마음을 굳세게 먹어봐도 브랜드만 도대체 몇 개인지 모른다. 그나마 그 냉장고가 전부면 다행이다. 마치 우리의 마트에 정육 코너가 있는 것처럼 수많은 자연 치즈들을 잘라서 파는 치즈 코너가 따로 있는 경우가 많다. 그리고 정말로 많은 사람들이 장을 볼 때 기성품 치즈 냉장고 대신 직접 맛보고 원하는 만큼 살 수 있는 치즈 코너에 줄을 선다. 나도 거기에 동참하고 싶지만 나는 이미 기성품 치즈 코너에서도 기가 질려 있는 때가 많다. 우주에서 길을 잃지 않기란 여간 어려운 일이 아니다. 심지어 모든 치즈들이 별처럼 빛나며 나를 유혹한다. 북두칠성처럼 몇 개만 빛나주면 좋으련만. 치즈 중독자니까 일곱 가지 치즈 정도는 살 의향이 있는데 말이다.

여행 내내 치즈 코너 앞에서 우유부단함의 끝을 달리는 내가 가장 많은 용기를 내는 때는 다름이 아니라 여행 마지막 날이다. 그날이 되면 나도 당당하게 기성품 치즈 냉장고 대신 치즈 코너 앞에 선다. 원하는 치즈들을 마음껏 고른다. 처음 보는 치즈들도 당당히 고른다. "그렇게 많이 샀는데 더 산다고?" 주인장이 놀라건 말건 나는 과하게 고른다. 그리고 꼭 진공포장해달라고 말한다. 이 의식의 이름은 '치즈 김장'. 마치 김장을 하는 심정으로 한국에서도 언제든지 원할 때 꺼내 먹을 수 있도록 단단히 준비를 하는 것이다.

물론 소프트 계열의 치즈일수록 유통기한의 압박에서 자유롭지 못하다. 그래서 고르는 치즈의 대부분은 하드 계열의 치즈들이다. 치즈 전문가들이 들으면 기함할 일일지도 모르지만, 나는 한국에 돌아옴과 동시에 진공포장된 치즈들을 모조리 냉동실에 넣어버린다. 그러다 냉장실에 치즈가 떨어지면, 냉동실에서 치즈 한 덩이를 냉장실로 옮겨둔다. 그리고 다음 날 저녁, 맛있는 와인을 따고 두근거리며 치즈를 개봉한다. 이 치즈는 도대체 무슨 맛일까? 내 입에는 맞을까? 혹시 이미 먹어본 맛일까? 적게 사 온 걸 후회하게 될까? 뜯어서 먹어보기 전까지는 이번 치즈 김장이 성공일지 실패일지 알 수 없다. 모든 것이 미지의 영역에 머물러 있다. 그래서 새로운 치즈를 뜯을 때마다 나는 새로운 세계의 문을 여는 기분이 된다.

하지만 무슨 일이었을까. 가장 최근 떠난 여행에서 나는 갑자기 치즈 회의론자가 되어버렸다. 마트 치즈 코너 앞에 한참이나 서 있었다. 문자 그대로 서 있기만 했다. 단 하나도 장바구니에 담지 않고. 밑도 끝도 없는 생각들이 머리를 가득 채웠기 때문이다. 이렇게 치즈를 이고 지고 가봤자 내가 이 치즈를 다 알 수 있는 것도 아니고, 이 맛들을 기가 막히게 기억하는 것도 아니고, 다시 같은 치즈를 구할 수 있는 확률도 없고, 도대체 무슨 소용인가.

밑도 끝도 없는 회의론이었다. 그런 논리라면 여행은 도대체 왜 떠나온 것일까. 여행을 한다고 그 나라를 다 알 수 있는 것도 아니고, 다 기억할 수 있는 것도 아니고, 같은 경험을 할 확률도 없고, 무슨 소용인가. 세상 만사 다 소용없게 만드는 기적의 회의론이었다. 문제는 그 순간 그 논리가 내 머리와 몸을 지배해서 정말로 나는 치즈 한 조각도 사지 않고 한국으로 돌아왔다는 것이다.

그 이후 냉장고 정리를 하다가 오래전 이탈리아에서 사 온 치즈를 발견했다. 냉장실로 옮겨놨다가 며칠 후 와인을 마시면서 그 치즈를 뜯었다. 치즈 가게 점원의 손글씨로 "PECORINO"라고 적혀 있었고,

겨우 3유로짜리 가격표가 붙어 있었다. 하지만 잘라서 먹는 순간 깨달았다. 그 치즈는 한국에서 3만 원을 준다고 해도 구할 수 없는 치즈였다. 과장법이 아니라, 실제 그곳에서만 잘라 파는 그 페코리노 치즈는 한국에서 구할 수가 없다. 기성품 페코리노 치즈도 어렵게 어렵게 구할 수 있으니 말이다.

이놈아, 이 어리석은 놈아, 라고 그 밤에 나를 얼마나 자책했던가. 치즈 회의론자라니. 될 것이 없어서 치즈 회의론자가 되다니. 그날 나는 치즈를 무조건 샀어야 했다. 과하게 샀어야 했다. 그게 무슨 치즈이든, 알든 모르든, 과소비를 했어야 했다. 다음 여행에는 반드시, 무조건, 기필코 치즈를 많이 사야지. 많이 많이 진공포장해서 고스란히 얼려놨다가 아껴 아껴 그 보석을 꺼내 먹어야지. 그 밤, 나는 후회 섞인 다짐을 하고 하고 또 했다.

하지만 이제 이건 지킬 수 없는 다짐이 되었다. 코로나19로 이탈리아가 무너지고, 프랑스가 뚫리고, 미국이 주저앉았다. 아무리 우리나라가 코로나19를 모범적으로 잘 대처했다고 해도 다른 나라까지 구할 수는 없는 일이다. 중앙방역대책본부에서 "코로나19 이

전의 세상은 다시 올 수 없다."라고 발표했다. 출퇴근도, 식사도, 친구와의 약속도, 밖에서 마스크 쓰지 않고 마음껏 뛰어노는 일도, 여행도, 그러니까 우리의 모든 생활이 전과 같지 않을 것이라는 확언을 들은 것이다. 나의 치즈 우주도 더 이상 건재할 수 없게 됐다. 지구는 우리의 체감보다 훨씬 더 긴밀하게 연결되어 있기에. 코로나19가 그 긴밀함을 여지없이 증명했다. 네가 괜찮지 않으면 우리가 괜찮지 않다.

언제 또다시 치즈 가게에 들어가서 마음껏 치즈를 사는 날이 올까. 그날이 오긴 올까. 그 누구도 손쉽게 대답할 수 없는 일이다. 하지만 명확한 것은 하나 있다. 치즈에 대해서는 손쉽게 회의론자가 되었지만, 우리의 미래에 대해서만큼은 회의론자가 되고 싶지 않다는 것. 머리가 회의론 쪽으로 기울어도, 마음만은 긍정하고 싶다. 그래야만 할 것 같다.

쉬운 위로

외국을 여행할 땐 마음 놓고 피신할 음식이 필요하다. 여행은 상상이 아니라 현실이고, 그 현실은 때론 냉정하고, 대체로 말이 안 통하며, 게다가 한국에선 평생 벗 삼았던 입맛까지 종종 떠나니 말이다. 그런 상황을 대비해 사람들은 여행 가방 속에 햇반과 라면, 깻잎 장아찌와 고추장, 김치와 미역국 등을 챙긴다. 여차하면 바로 거기로 피신하겠다는 심산인 것이다. 여행도 몸도 마음도 도무지 내 편이 아닌 것 같은 저녁, 숙소에서 따뜻한 물에 샤워를 하고, 편한 옷으로 갈아입고, 익숙한 맛으로 피신하는 것만으로도 우리는 많은 위로를 받곤 하니까. 때론 우리가 그 정도에 괜찮아지는 단순한 존재라는 것에 감사하는 마음까지 드니까.

불행인지 다행인지 내가 피신하는 곳은 한식이 아니다. 나이가 들면 여행 가서도 점점 한식을 찾게 되더라는 주변 사람들의 증언들을 무수히 많이 들었지만, 아직은 아니다. 한 달씩 떠날 때도 한식은 그다지 나의 관심사가 아니었다. 나에게는 더 포근하고, 더 부드러운 피난처가 있다. 당연히 짐작했겠지만 그곳은 바로 치즈. 영어로는 cheese, 프랑스어

로는 fromage, 이탈리아어로는 formaggio, 일본어로는 チーズ, 스페인어로는 queso, 포르투갈어로는 queijo. 할 줄 아는 언어는 없지만 '치즈'만은 확실히 외워둔다. 여행하다 힘들 땐 언제든지 그 단어가 들어간 음식을 시켜야 하기 때문에. 문제는 그 단어들만 보면 내 마음이 무턱대고, 누울 자리도 보지 않고, 시도 때도 없이, 계획 같은 건 싹 다 무시해버리고, 다리부터 뻗어버리는 거다. 그러니까 이런 식이다.

런던에서는 시장 입구에서부터 치즈에 마음을 빼앗겨서 먹고 싶지도 않았던 삶은 감자를 주문했다. 단면이 30cm는 되는 라클렛 치즈를 그릴로 녹여서 삶은 감자 위에 부어주는 음식이었다. 삶은 감자가 보이지 않을 정도로 치즈를 덮어주는 모습을 보고, 바로 주문했다. 뜨거운 치즈를 싸악 걷어서 다 먹고 감자만 남았을 땐 바로 후회했지만. 시장을 좀 더 둘러보며, 50cm도 넘는 팬에 볶는 파에야를 보며, 뜨끈뜨끈한 핫도그를 보며, 후회는 점점 깊어만 갔지만.

이탈리아 루카에서는 그래도 좀 고민을 했다.

오래 고민할 수밖에 없었다. 예산이 빠듯해 그날 유일하게 식당에서 먹을 수 있는 식사이기 때문이었다. 자리에 앉아 다른 테이블을 둘러보니 꽤 먹음직스러운 음식들이 많이 보였다. 파스타, 리소토, 정체 모를 고기 요리, 정체 모를 생선 요리.

하지만 메뉴에 적힌 '4formaggio'라는 단어에서 시선을 뗄 수가 없었다. 바로 뒤에 '샐러드'라는 단어가 적혀 있었지만, 그 뜻을 제대로 이해하기엔 내 영혼이 너무 흥분해버렸다. '이 햇살에, 이 한낮에, 네 가지 치즈라니. 당연히 이걸 시켜야지!' 호기롭게 주문했고, 곧이어 양상추 위에 조금씩 널브러진 치즈들을 마주했다. 요리라고 부르기엔 너무나 빈약한 샐러드였다. 네 가지 치즈가 있긴 했지만, 그게 다였다. 양도 부족했고, 같이 내준 빵은 너무 딱딱했다. 원한 건 치즈로 인해 풍성해질 분위기였는데, 순식간에 가난한 여행객으로 전락해버렸다. 그날 나는 이탈리아 태양 아래 반 고흐의 〈감자 먹는 사람들〉 속 등장인물이 된 기분이었다.

하지만 나는 포기를 모르는 여자. 과거의 실패는 깨끗이 잊고 밝은 미래로 걸어가는 여자. 그렇게 제대로 된 치즈의 품에 안기고야 마는 여자. 파리에서 하루 종일 미술관 안에 있다가 늦은 오후가 되어서야 나온 날이었다. 그제야 배가 엄청나게 고프다는 걸 깨달았는데, 아무리 봐도 식사 시간은 아니었다. 심지어 유럽은 저녁 식사를 밤 늦게 서빙하기 시작하는 곳이니 식사할 곳이 마땅치 않았다. 방법은 하나, 간단한 간식으로 때워야 했다. 미술관 뒤쪽에 간단한 바게트 샌드위치 가게가 많았다. 아무 곳에나 들어가서 진열된 샌드위치를 보다가 또 같은 단어를 보고야 말았다. '4fromages'. 신선한 토마토가 들어간 샌드위치, 겹겹이 생햄이 들어간 샌드위치, 루콜라가 산처럼 잔뜩 쌓인 샌드위치들을 다 제치고 내 손가락은 네 가지 치즈가 들어간 샌드위치로 향했다. 단호하게. 주저 없이.

　　젊은 직원은 냉장고에서 샌드위치를 꺼내더니 그릴 기계에 넣고 윗판을 닫았다. 잠시 후 내 손에 쥐어진 건 다름 아닌 네 가지 치즈가 넉넉하게 들어간 파니니였다. 뜨끈뜨끈하고, 치즈는 가득가득하고, 가격은 겨우 3유로가 조금 넘는. 한입 먹는 순간, 아, 울 뻔했다. 미술관을 돌아다니느라 지친 종아리

근육까지 포르르 안도하는 게 느껴졌다. 다리도 풀릴 뻔했다는 이야기다. 무슨 치즈를 도대체 어떻게 넣은 건지 내 비루한 혀는 알아채지 못했지만, 기똥차게 맛있다는 건 명확했다. 그 뜨거운 파니니를 먹으며, 센강을 건넜다. 흐렸고 추웠지만 나는 안심했다. 나는 안전했다. 이번 여행에서는 어려운 순간이 찾아오면 미술관 뒷골목의 파니니 가게를 찾으면 되는 거였다. 그럼 다 괜찮아지는 거였다.

사람에게서 얻을 수 있는 위로는 드물다. 그건 쉽게 얻을 수 없는 것이어서 더 귀하기만 하다. 그래서 우리에게는 일상 속에서 쉽게 구할 수 있는 자신만의 작은 위로가 필요하다. 나의 치즈처럼.

나는 회사 근무시간에도 인간에 대한 환멸이 느껴지는 순간이면 종종 편의점으로 달려가 1,000원짜리 스트링 치즈를 산다. 그걸 양손으로 비비며 말랑말랑하게 만들어서 결결이 찢어먹으며 회사 뒷골목을 걷다가 돌아온다.

큰 위로는 아니지만 즉각적인 위로다. 꼭 필요한 순간, 꼭 필요한 강도의 위로다. 곳곳에 편의점이 있고, 편의점에서 쉽게 치즈를 살 수 있어서 다행이라 생각하며, 치즈가 주는 위로를 듬뿍 받는다. 당신도, 당신에게 맞는, 단순하고도 즉각적이며 쉬운 위로 하나를 꼭 찾았으면 좋겠다. 그렇게 순간순간 스스로의 구원자가 되었으면 좋겠다.

축구공 대신 모차렐라

생모차렐라 치즈라니. 안 될 말이다. 자고로 나는 시간의 추종자. 사람은 물론이거니와 컵 하나도, 가구 하나도 시간의 풍화작용이 있는 것에 마음이 가는 사람이다. 음식으로 말하자면 익고, 곰삭고, 오래된 손맛이 활개를 치는 맛을 사랑하는 사람이다. 시간의 풍화작용이 수많은 겹들을 쌓아 상상할 수 없는 결과물을 내놓을 때 그 누구보다 탄복하는 사람이다. 시간의 두께를 사랑한다.

하물며 치즈에 있어서야. 오랜 숙성 기간을 거쳐 치즈 특유의 발효 냄새가 나는 것들에 유독 열광한다. 프레시한 치즈 계열을 그다지 좋아하지 않는다는 말이다. 그러니 생모차렐라 치즈라니, 당치도 않은 말이다. 너 몇 살이니? 그렇게 주름 하나 없이 매끈해서야, 허여멀건하기만 해서야 어디 치즈라고 명함이나 내밀겠니.

그렇다고 내가 생모차렐라를 싫어한다고 오해하진 않았으면 한다. 치즈 중독자가 말하는 "그 치즈는 좋아하지 않는다."라는 표현을 믿지 말라. 좋아하지 않을 리가 없지 않은가. 치즈라는 이름을 달고 있는 한 그 어떤 음식보다 내 입에 꼭 맞으니. 다만, 나에게 선택할 수 있는 치즈가 많다면, 굳이 생모차렐라 치즈를 선택하지는 않는다는 뜻이다.

　이탈리아 피렌체에서의 일이다. 저녁을 먹으러 가는 길에 치즈 가게가 있어서 나는 또 하릴없이 그 앞을 서성였다. 새하얀 머리에 삐쩍 마른 작은 체구의 할아버지가 허리 높이의 드럼통 안을 휘적휘적 젓고 있었다. 뭔지 궁금하여 들여다봤더니 동글동글 새하얀 모차렐라 치즈들이 동동 떠 있었다. 그 하얗고 귀여운 풍경을 간직하고 싶어서 사진을 찍어도 되겠냐고 할아버지에게 물었다. 할아버지는 단번에 "No!"라고 말했다. 그래, 치즈를 사지도 않고 치즈 사진부터 찍어도 되냐고 묻는 관광객에게 친절할 주인이 누가 있겠는가.
　나는 약간 머쓱한 표정으로 괜히 시선을 다른 치즈로 돌리려는데, 할아버지의 움직임이 바빠졌다. 드럼통 바닥까지 닿는 기다란 국자로 휘적휘적 젓더니 그야말로 모차렐라 축구공을 하나 건져올렸다. 축구공이라는 내 말은 결코 과장이 아니다. 양손에 가득찰 정도로 큰 모차렐라 덩어리를 하나 건져올리더니 할아버지는 나를 향해 씨익 웃었다. 자랑스러움이 가득 담긴 입꼬리였다. 그리고 이어진 한마디. "Photo!"

할아버지의 그 마음이 너무 귀여워서 나는 더 너스레를 떨면서 사진을 찍었다. 더 크게 놀라고 더 활짝 미소 지었다. 괜히 다른 손님에게도 저 치즈를 보라며 말을 걸었다. 별것 아니지만, 너무 별것인 할아버지의 마음 때문에 내 마음에도 진동이 일어서. 크리스마스 시즌이었다. 누구나 누군가에게 쉽게 산타가 될 수 있는 밤이었다. 하지만 나는 결국 그 할아버지의 산타가 되어주진 못했다. 수많은 치즈 중에서 굳이 모차렐라 치즈가 궁금하진 않았기 때문이다.

며칠 후, 진짜 크리스마스가 되었다. 숙소 앞에 장을 보러 갔다가 나는 '모차렐라 디 부팔라 캄파나' 앞에서 걸음을 멈췄다. 바로 물소젖으로 만든 이탈리아 남부 모차렐라 치즈였다. 우리가 흔히 먹는 우유로 만든 모차렐라 치즈가 아니라, 더 진하고 더 고소하고 더 크리미한 모차렐라 치즈. 심지어 엄청나게 컸다. 핸드볼 크기 정도? 물론 며칠 전 할아버지가 보여준 모차렐라 축구공에 비할 바는 아니었지만.

　어쨌거나 크리스마스였다. 그 치즈를 사기에 가장 적당한 날이 있다면 바로 오늘이었다. 그 큰 모차렐라 치즈를 숭덩숭덩 썰어서 그 위에 질 좋은 올리브유를 뿌리고, 후추만 좀 갈아서 내놓으면 바로 파티 기분이 나니까. 나는 과감하게 그 치즈와 스테이크용 고기 한 덩이를 사서 남편과 함께 숙소로 돌아왔다.

　그리고 치즈를 썰기 시작하는 순간 바로 후회하기 시작했다. 이건 두 명이 먹을 수 있는 양이 아니었다. 숙소에서 가장 큰 접시를 꺼냈음에도 치즈를 담아내긴 역부족이었다. 세로로 자른 단면이 내 손바닥만 했으니까. 그래도 또 언제 이런 치즈를 먹어보겠냐며 와인 한 모금에 치즈를 세 입씩 먹었다. 그렇게 밤새 먹고 먹고 또 먹어도 겨우 절반 정도 먹을 수 있었다.

　젊음은 언제나 적당히를 모른다. 젊은 그 치즈가 그랬다. 적당히를 몰랐다. 너무 크고, 너무 고소하고, 너무 크리미하고, 너무 진한 우유 맛이 났다. 그리고 너무 맛있었다. 말하지 않았는가. 내가 치즈를 좋아하지 않을 리가 없다고. 젊은 치즈든 나이 든 치즈든 없어서 못 먹지.

결국 그 치즈는 다음 날 아침 상에 다시 올라왔다. 간밤에 그렇게나 열심히 먹었건만, 여전히 엄청나게 많은 양이었다. 하지만 내가 누군가. 그렇게 핸드볼 크기의 모차렐라 디 부팔라 캄파나도 깔끔하게 내 배 속으로 사라졌다.

젊지도 않은 나는 왜 치즈 앞에서 언제나 적당히를 모를까? 그 답을 나는 영원히 모를 것이다.

젊은 날의 카프레제 샐러드

생모차렐라 치즈로 가장 만들기 쉬운 요리는 바로 카프레제 샐러드. '요리'라는 말을 하기에 민망할 정도다. '카프레제 샐러드'라는 낯선 이름에 겁먹을 필요가 전혀 없다는 이야기다. 그냥 토마토를 얇게 썰고, 생모차렐라 치즈를 납작하게 썰고, 바질잎을 좀 준비하면 된다. 토마토 한 조각 옆에 비스듬하게 생모차렐라 한 조각, 그 옆에 또 비스듬하게 바질잎 한 장. 그렇게 계속 반복하면 빨강-하양-초록이 접시에 가득 차게 된다. 정확하게 이탈리아 국기 색깔이다. 카프레제 샐러드가 이탈리아를 상징하는 요리 중 하나로 꼽히는 이유이다. 그 위로 발사믹 식초와 올리브 오일을 뿌리면 요리 끝.

생모차렐라 치즈를 '너무 좋아하지는 않는다.'라는 말이 무색하게, 카프레제 샐러드는 너무 자주 우리 집 식탁에 오른다. 별일 없는 저녁에도 카프레제 샐러드가 올라오고, 친구들을 잔뜩 초대한 저녁이면 어김없이 식탁엔 카프레제 샐러드다. 쉬우니까. 누구나 쉽게 좋아하니까. 생바질잎은 높은 확률로 집에 없으니까, 바질페스토를 얹기도 한다. 그마저도 없으면? 말린 바질 가루를 뿌린다. 생바질잎처럼 존재감을 발휘하지는 않지만, 그래도 이탈리아 국기에 초록색이 빠져서는 안 된다는 마음으로 슬쩍 뿌린다. 태극기의 건곤감리를 요리에서 구현하기는 어려워도 이탈리아 국기 정도는 쉽다.

　스물일곱 살, 강남의 작은 원룸이 답답해서 용인까지 이사를 했던 날, 그날 저녁에도 나는 카프레제 샐러드를 만들었다. 만들 수밖에 없었다. 목수 친구들이 내 책상과 책장을 만들어서 우리 집에 왔는데, 냉장고에 있는 안줏거리는 토마토와 모차렐라 치즈밖에 없었으니까. 갑자기 왠 안줏거리냐고? 이사한 저녁에는, 친구들과 술을 마시는 게 전통 아닌가?
　토마토를 썰고 모차렐라 치즈도 썰었다. 바질가루도 탁탁 뿌렸다. 버릴까 말까 고민하다가 그래도 한 번 더 먹을 양이 남은 것 같아 바득바득 챙겨온 발사믹소스까지 더했더니 얼추 모양은 났다. 하지만 식탁이 없었다. 목수 언니들이 만들어온 책상을 조립하기엔 밤이 너무 늦었고. 급한 대로 이삿짐 더미에 끼어 있던 사이드 테이블을 휑한 거실 한가운데 놓았다. 그 위로 카프레제 샐러드를 올렸다. 테이블이 좀 높아서 바닥에 앉은 우리들의 목 높이까지 왔지만 딱히 상관은 없었다. 이사한 날의 집은 어딘가 모자라도 한참 모자라는 법이니까.

하지만 결정적인 것이 모자랐다. 바로 와인 오프너. 아무리 찾아도 와인 오프너를 찾을 수가 없었다. 카프레제 샐러드까지 있는데 와인 오프너가 없는 집이라니. 7,900원짜리 마트 와인도 있는데 오프너가 없다니. 그때부터 우리는 시끄러워졌다. 신발에 와인병을 넣고 병을 탕탕 치면 코르크 마개가 나온대, 그냥 코르크 마개를 와인병 안으로 집어넣어 버리자, 칼로 코르크 마개를 파내보자, 각종 의견들이 난무하는 가운데 목수 언니가 전동 드릴을 들었다. 그리고 코르크를 찔렀다. 섬세하게 딱 4분의 3 정도를 뚫었다. 그리고 있는 힘을 다해 뽑았다. 다들 갑자기 박수를 쳤다. 서로 얼싸안았다.

장담컨대 세계 최초의 시도가 아니었을까? 전동 드릴로 와인을 따다니. (이 문장까지 써놓고, 혹시나 이런 시도를 또 누가 했나 싶어 유튜브에 검색을 했더니, 엄청나게 많은 동영상이 나왔다. 존경합니다. 사랑합니다. 전 세계의 술꾼 여러분.)

아무것도 없는데 카프레제 샐러드만 있었던 날이 있었다. 아니, 아무것도 없는데 술꾼 또라이 친구들(이제 그들은 어엿한 작가와 사장님이 되었다. 한 명은 김하나 작가, 한 명은 망원동 '바르셀로나'의 황영주 사장.)과 와인과 전동 드릴과 카프레제 샐러드만 있었던 날이 있었다. 어딘가 모자라고, 많은 것들이 부족하고, 대책 없이 무모했던 날들이 있었다. 그게 당연했다. 그때 우리는 젊었으니까. 젊은 우리는 그날도 무모할 정도로 많이 마시고 정말로 크게 웃었다.

치즈교 극성 신도

솔직히 이 정도면 당당히 한식 재료의 반열에 이름을 올려야 한다고 생각한다. 한식의 5대 재료, 간장, 된장, 고추장, 김치, 그리고 치즈. 왜 아니겠는가. 밥 위에 치즈를 올린 역사는 유구하다. 치즈 라면과 치즈 김밥은 전국 모든 분식집의 터줏대감이다. 떡볶이 위에 모차렐라 치즈를 올리는 것도 모자라서 떡 안에 치즈를 넣은 민족이다, 우리가.

찜닭 위에도 모차렐라 치즈는 올라가고, 프라이드 치킨 위에는 치즈 가루가 뿌려진다. TV에서 소개된 치즈 돈가스 가게는 또 어떻고. 서울에서도 전날 밤부터 줄을 서서 먹었다는 증언이 쏟아졌는데, 그 가게가 제주도로 옮긴 후까지 열풍은 좀처럼 가라앉을 줄 모른다는 후문이다. 소시지 대신 모차렐라 치즈를 넣은 핫도그 가게는 전국에서 흥행 중이며, 치즈를 더해 먹는 한식 레시피는 오래전에 백과사전 분량을 초과했다. 기발한 치즈 음식 대회가 있다면 장담컨대 우리가 세계 1등일 것이다.

이토록 모두가 경쟁적으로 치즈를 쓰는데, 신기하게도 이 경쟁의 핵심은 '얼마나 다양한 치즈를 얼마나 알맞게 잘 쓰느냐.'가 아니다. '얼마나 많은 양의 치즈를 써서, 얼마나 많이 늘어나냐.'이다. TV 맛집 프로그램에서도 앞다투어 출연진들이 치즈를 늘이고, 주변에 있던 사람들의 동공이 커지고, 그 장면에 깔린 박수 소리와 리액션 소리도 덩달아 커진다. 유튜브에서도 요리를 마친 다음에 맨 처음으로 보여주는 장면은 치즈를 쭈욱 늘이는 장면이다. 치즈가 늘어나는 만큼, 맛도 늘어날 것이라는 믿음은 (외국인들은 절대로 이해하지 못하겠지만) 우리에게 이미 뿌리 깊다.

무슨 비판을 할 속셈이냐고? 그럴 리가. 이 뿌리 깊은 믿음의 극성 신도가 있다면 바로 나다. 나는 과도한 치즈 양에 언제나 굴복한다. 모든 일에는 '적당히'가 중요하다고 하지만, 치즈만은 예외다. 아름답지 않은가. 밑에 무슨 음식이 깔려 있는지 모를 정도로 노랗게 뒤덮힌 치즈의 자태는. 한 숟가락 들었을 뿐인데 중력에 온몸을 맡기며 늘어나는 치즈의 유연함은. 모든 음식을 공평하게 감싸주는 그 고소한 맛은 또 어떻고. 치즈가 그 아름다운 자태로 나를 유혹하면 나는 언제나 맥없이 쓰러진다.

이쯤에서 뜬금없이 고백을 해볼까 한다. 중학교 때 나는 주말 낮이면 언제나 영화 소개 프로그램을 즐겨 봤다. 그땐 영화 말고도 외국의 웃긴 광고도 보여주곤 했는데, 그중 내 눈을 사로잡은 광고가 하나 있었다.

응급실에 한 환자가 실려 들어온다. 긴박한 순간이다. 모두 응급 침대를 밀며 수술실로 뛰어가는 중이다. 침대 위 응급 환자는 그 와중에 간호사 데스크 위의 피자를 발견하고 그 위급한 상황에도 기어이 피자를 집는다. 그때부터다. 치즈는 계속 계속 늘어나며 결국 수술실 안까지 쭈욱 늘어난다. 아무도 그 사실은 알아채지 못한 채 수술실 문은 닫힌다. 그리고 1초 후. 치즈의 반동으로 (마치 고무줄이 늘어났다가 탁 줄어드는 것처럼) 그 환자는 피자 조각을 집은 채 응급실 밖으로 튕겨져 나온다.

아, 그 순간 생각했다. 나도 저런 광고를 만들고 싶다고. 아무에게도 말한 적 없지만, 진짜 바로 그 순간 나는 광고쟁이를 꿈꾸기 시작했다. 그리고 약 10년 후, 그 아이는 정말로 광고회사에 입사해서, 십 수 년째 광고회사에서 일하고 있다.

요약하자면 치즈에 대한 찐사랑 덕분에 나는 광고 세계에 입문했다. 치즈에 대한 찐사랑 덕분에 이 책을 쓰는 작가도 되었으니, 이 정도면 치즈교의 극성 신도라 불릴 만하지 않은가. 태초에 치즈가 있으셨나니. 슬플 때나 힘들 때나 치즈가 나를 구원하사. 치즈가 성공으로 나를 인도하사. 오직 치즈만을 믿고 따르겠나이다. 치-즈.

빈 도화지 같은 맛

리코타 치즈는 '좋아한다.'라고 말하기에는 뭔가 좀 어색하다. 좋아하려면 뭔가 남들과는 구분되는 특징이 있어야 할 텐데 그 장점을 찾아내기가 어렵다. 굳이 말하자면 순두부 같다거나, 슴슴한 맛이 있다거나, 씹다 보면 고소하다거나 이런 특징을 말할 수는 있겠으나 이걸 장점이라고 말하기에도 애매하다. 누군가를 칭찬하며 "걔는 순하고 개성 없지."라고 말하는 격이랄까. 칭찬처럼 들리지만 곱씹다 보면 욕 같기도 하고, 괜시리 그 말을 한 사람을 흘겨보며 '나를 잘 알지도 못하는 주제에….'라고 쏘아붙이고 싶어진다. 딱 리코타 치즈가 그렇다. 자기 목소리를 내는 법이 없다는 게 겨우 찾은 칭찬인데, 리코타 치즈가 그 칭찬을 좋아할지는 잘 모르겠다.

뜬금없이 또 내 이야기로 넘어가보자면, 나는 어떤 상황에서도 흔들리지 않는 초강력 내향성의 소유자이다. 하지만 그 굳건한 대륙도 가끔 움직여 지진과 화산 폭발을 만들어내듯이, 나의 강력한 내향성도 지진처럼 흔들리는 때가 있었다. 바로 결혼 직후. 그러니까 신혼 초. 그땐 왜 그렇게 사람들을 초

대해댔는지. 사흘이 멀다 하고 슈퍼에 맥주를 박스로 주문했다. 슈퍼 아저씨가 의미심장한 눈빛으로 "오늘도 파티 파티?"라고 말했고, 그때마다 나랑 남편은 민망한 웃음과 함께 고개를 끄덕였다.

사람들을 불러놓고 술만 내놓을 수 없으니, 그때마다 나는 요리 블로그들을 뒤졌다. 이 요리 저 요리 떠돌다가 마지막에 내가 정착한 요리는 라자냐였다. 손바닥만 한 파스타면 위로 재료들을 쌓고 쌓고 또 쌓아서 오븐에 구워내는 요리. 쉽고, 웬만해선 실패하기 어렵고, 어떻게 해도 대충 맛있었고, 매우 있어 보였다. 손님 접대용으로는 완벽했다는 이야기다. 내가 참고한 레시피에는 리코타 치즈를 꼭 넣으라고 되어 있었는데, 리코타 치즈야말로 누구나 집에서 쉽게 만들 수 있다고 널리 알려진 치즈였다. (그러고 보니 리코타 치즈의 가장 큰 장점은 바로 이것이 아닌가!) 우유를 끓이다가 식초와 레몬즙과 소금을 넣으면 몽글몽글 우유 단백질이 뭉치기 시작하고, 그걸 면보에 걸러 꽉 짠 다음 냉장고에 넣어 숙성하면 완성! 좀 더 맛있게 하려면 우유에 크림을 넣어서 만들어야 하지만, 그런 수고를 내가 할 리 없다.

친구들을 초대할 때마다 우유 1,000ml를 끓였다. 간 돼지고기와 가지와 호박을 토마토소스에 볶았고, 라자냐 면을 익혀서 그걸 차곡차곡 쌓았다. 맨 위에는 냉동 모차렐라 치즈를 내 맘대로 매우 많이 올려서 오븐에 넣고 40분 정도 구웠다. 그 40분 동안 파스타를 하나 더 만들고, 샐러드를 하나 만들면 파티 준비는 손쉽게 끝났다. 친구들은 언제나 누군가가 집에서 이렇게 요리를 해준다는 것에 필요 이상의 감동을 했고. (물론 그 놀라움엔 "네가 이걸 다 만들었다고?"도 다량 포함되어 있었지만.)

그렇게 직접 리코타 치즈를 만들어서 친구들을 초대하던 시절은 지나갔다. 더 이상은 집에서 리코타 치즈를 만들지 않고, 라자냐를 굽지 않고, 오븐의 기능 대신 전자레인지의 기능이 더 자주 활동하고 있으며, 나의 내향성은 다시금 초강력 활동 중이다. 집은 다시 고요해졌다.

무슨 바람이 분 걸까. 봄바람이 내 마음을 살랑 뒤흔든 걸까. 최근 나는 리코타 치즈를 여러 통 주문했다. 그냥 그러고 싶었다. 하지만 받자마자 난감해졌다. 이걸 어디에 쓰려고 이렇게나 산 걸까. 라자냐를 만들어대던 서른 살의 김민철은 오래전에 사라졌는데. 우선 치즈에 대한 예의부터 차리기로 했다. 그래서 와인부터 땄다. 안주로 그릇에 리코타 치즈를 담고, 크래커를 곁들였다. 여전했다, 리코타 치즈는. 부드럽고, 슴슴하고, 미미하게 고소하고, 굳이 장점을 찾기 힘든 빈 도화지 같은 맛.

그러다 번뜩, 한때 부지런히 일하다가 이제는 부엌 한구석에서 놀고 있는 수많은 허브들이 생각났다. 빈 도화지를 먹으니, 허브라도 뿌려 먹자 싶어서 말린 오레가노, 말린 바질, 페퍼론치노도 살짝. 그리고 또 뭘 넣었더라, 여하튼 남는 허브를 실컷 뿌렸다. 그리고 천국을 맛보았다. 그 제각각의 향들을 리코타 치즈가 너른 품으로 다 안아주고 있었다. 그들 각자의 향기를 다 살려주면서도 동시에 그 모두를 하나로 만들어주고 있었다. 이렇게 이타적인 친구를 보았나.

리코타는 그런 치즈였다. 좋아하는 친구를 꼽으라고 말할 때 맨 먼저 생각나지는 않지만, 마지막엔 꼭 "아 맞다!"라는 탄식과 함께 떠올리게 되는 친구.

있는 듯 없는 듯 늘 우리 옆에 묵묵히 있지만 문득 생각해보면 그 친구가 있어서 그래도 이렇게나 다른 우리가 오랫동안 함께 어울릴 수 있다는 걸 깨닫게 만드는 친구. 아직 그 친구가 내 냉장고에 세 통이나 더 있다. 이건 자랑이다.

예민하다니, 부럽습니다

'예민하다.'라는 말은 대체로 '신경질적이다, 까다롭다, 까탈스럽다, 쉽지 않다.'와 동의어였다. 어린 내게는 특히 그랬다. "쟤는 커서 뭐가 되려고 저렇게나 예민해." "애가 예민해서 그 집 엄마가 너무 고생하잖아." 어른들의 이런 수다 곁에 나는 늘 무던하게 앉아 있었다. 나는 예민하지 않고, 떼를 쓰지 않고, 애를 먹이지 않는, 그래서 '어른스럽다.'라는 칭찬을 듣는 아이였다. 그 칭찬의 맛이 달콤해 더 어른스러워지려고 애를 쓰는 아이였던 것 같기도 하다.

지금은 사정이 달라졌다. '예민하다.'라는 단어는 나에게 부러움의 대상이다. 눈이 예민한 사람을 얼마나 부러워했나. 15초로 이루어진 광고의 세계에서 눈이 예민한 사람은 곧 실력이 좋은 사람이었다. 그들은 순간적으로 지나가는 장면에서도 보석을 발견했고, 별것 없는 재료로 대단한 걸 만들어서 뚝딱 내놓곤 했다. 내 눈에는 이만하면 됐다 싶은 순간에도 그들은 쉽사리 타협하지 않았다. 특유의 예민함을 발휘해 조명을 조금 바꾼다거나 배치를 조금 바꾼다거나 레이아웃을 조금 바꿔서 비범한 장면을 연

출해냈다. 그들 곁에서 십수 년을 일하며 내 눈도 예민해지길 오랫동안 바랐지만, 그런 일은 쉽게 일어나지 않았다.

귀가 예민한 사람은 또 얼마나 부러워했나. 그런 사람도 광고의 세계에는 많았다. 흘러갈 수 있는 흔한 장면에 누군가 예상치 못한 음악을 붙이면 종종 기적이 일어났다. 분명 우리 팀에서 만든 광고인데, 볼 때마다 내 심장이 바운스 바운스 했던 적이 얼마나 많았던지. 사실 귀가 예민한 사람은 광고 업계까지 가지 않아도 된다. 우리 집에도 한 명이 산다. 바로 남편. 분명 같이 술 먹으면서 같이 들었는데 이렇게 말한다. "이 곡은 정말 기타가…" "저 보컬… 나 고등학교 때 좋아했던 그 밴드 보컬이랑 너무 똑같은데… 아닌가?" (찾아보니 맞았다. 한참을 쉬다가 다시 나온 보컬이었다.) 내가 먼저 좋아하고 소개해준 곡에 대해서도 이렇게 말한다. "그때 그 곡 다른 연주자 버전으로 들어봤는데…"

그리고 가장 절망스러운 건, 남편은 기억까지 잘한다는 거다. 어린 시절에 들은 곡부터 최근 술집에서 한 번 들은 곡까지 다 기억한다. 솔직히 남편의 그 재능 덕분에 나는 매일 즐겁다. 남편은 언제나 그 분위기에 가장 잘 어울리는 음악을 기가 막히게 골라 틀어주니까. 그럼에도 남편의 예민한 귀는 샘이 날 정도로 부럽다.

글이 예민한 사람을 부러워하기로는 나를 따라올 사람이 없다. 시인들만큼 예민한 감각으로 세상을 바라볼 수 있을까? 소설가들만큼 이 복잡한 세상을 예리하게 도려내어 독자를 푹 찔러버릴 수 있을까? 그 예민한 시선을 미세하고 날카로운 언어로 표현해내는 비결이 뭘까? 꼭 시나 소설이 아니더라도 예민한 글 앞에서 나는 언제나 넘어진다. 부러움은 나를 주저앉힌다.

그렇다면 미각은? 사람이 느낄 수 있는 부러움에도 한계가 있어서 어찌나 다행인지. 나의 부러움은 눈과 귀와 글에서 그친다. 이상하게도 예민한 미각은 나에게 큰 부러움의 대상이 아니었다. 도리어 미각 앞에서는 어린 시절의 나처럼, 내 입맛이 무던해서 다행이라 생각하는 편이다. 웬만한 건 다 잘 먹고, 외국의 낯선 음식 앞에서도 까탈스럽지 않고, 누가 뭘 먹자고 말해도 나는 늘 괜찮으니까. 파인 다이닝의 섬세한 차이를 알아채는 미각이 없고, 오래전에 먹은 와인의 맛을 기억했다가 지금 먹는 와인과 어떻게 다른지 알아채는 능력도 없다. 다만 주변에 그런 걸 잘 알아채는 사람들이 많아서 그들의 설명을 들으며 크게 고개를 끄덕이는 것만으로도 충분히 행복하다. 우와, 신기하다. 그런 게 다 느껴져? 그 맛을 기억한다고? 이 안에서 그 재료 맛이 난다고? 우와, 진짜 대단하다.

　아마도 미각이 나의 주 관심사가 아니라서 그럴 것이다. 하지만 미각의 예민함이 치즈로 넘어오면, 나는 의기소침해진다. 치즈에 대해서는 말하고 싶은 것이다. 자신만만하게. 그리고 아주 예민하게.
　"이 치즈는 좀 오래 숙성한 체더 치즈 같은데요, 그러다 보니 녹진한 맛이 더 많이 올라왔어요."
　"아 이렇게 좋은 파르미지아노 레지아노는 한국에서 구하기 힘든데, 너무 좋네요."
　"샤오스 치즈의 최소 숙성 기간은 그래도 14일은 되어야 하는데, 이건 좀 덜 숙성되었네요."

하지만 그 어떤 말도 나에겐 가능하지 않다. 우선 모든 치즈가 다 무턱대고 맛있기 때문에, 뭐가 덜 맛있고 뭐가 더 맛있고의 기준이 없다. (이런 푼수!) 그리고 미각이 기분에 따라 널뛰기 때문에 예전에는 열광했던 맛을 어느 날 갑자기 별로라 선고해버린다. (이런 변덕쟁이!) 이 와인과 이 치즈 궁합은 최고라고 확신하다가도 또 그 사실 자체를 잊어버린다. (이런 멍충이!) 먹은 치즈들을 기억 못하는 건 물론이거니와, 그 맛도 도무지 기억 못한다. 그저 치즈라면 헤벌쭉해서 뛰어가는 형국이랄까.

하지만 좋아하는 마음 앞에서 그런 게 다 무슨 소용인가. 무턱대고 좋아하니, 무턱대고 맛있다. 먹어본 치즈라도 늘 새롭게 맛있으니, 늘 새롭게 사랑에 빠진다. 덕분에 그때그때 새롭게 즐거우니 그럼 됐지, 뭐.

지극히 개인적인 치즈 리스트

이 리스트는 철저하게 한국에서 구할 수 있는 치즈를 기반으로 만들었다. 아마도 치즈를 많이 좋아하는 사람들에게는 당연하고 또 필요 없는 리스트일 수 있다. 하지만 혹시나 이 책을 읽고 다양한 치즈에 도전해보고 싶은 치즈 초보자가 있을 수도 있지 않은가?

1. 카망베르

하얀 외피 안에 감추어진 노란 속살. 찐득하고, 고소하고, 짭조름하고, 녹진한 맛이 난다. 오래 유통 가능한 캔에 든 상품들은 쉽고 싸게 구할 수 있다. 하지만 '오래'와 '쉽게'와 '싸게'라는 수식어를 다 붙이고 있는 만큼 캔 카망베르는 카망베르의 매력을 다 담지는 못한다. 추천하고 싶은 카망베르는 아무래도 카망베르의 원산지인 노르망디 카망베르지만 구하기가 쉽지 않다. 대신 나무통에 들어 있는 상품을 권한다. 이 정도 카망베르만으로도 충분히 좋고도 남는다. 꽤 깊고, 숙성된 맛을 보여준다. 개인적으로 할머니와 할아버지가 장난꾸러기처럼 웃고 있는 그림이 붙은 브랜드(Bons Mayennais)를 좋아한다.

혹시 나의 추천을 믿고 샀는데, 너무 맛이 진해서 못 먹겠다면, 흰 외피를 잘라내고 속살만 크래커나 빵에 올려 먹는 것을 권한다.

2. 천사 치즈

프랑스에 여행 갈 때 후배가 권해준 치즈. 정식 이름은 '카프리스 데 디외(Caprice des dieux)'. 길쭉한 타원형으로 생겼고, 잘라보면 카망베르 치즈와 비슷한 것 같다. 똑같이 하얀 외피에 노란 속살. 먹을 때의 질감도 비슷하다. 하지만 맛은 전혀 다르다. 훨씬 가볍고, 산뜻하다. 아마 누구나 부담 없이 먹을 수 있을 것이다. 백화점이나 치즈 전문 사이트에서도 쉽게 살 수 있다. 치즈 경험이 많지 않은 누군가를 초대했을 때 내놔도 전혀 무리가 없는 맛이다.

3. 체더 슬라이스

이제는 나이가 들어서인지 아니면 다른 선택지가 많아서인지 예전만큼 열광하지는 않는 치즈. 하지만 치즈 김밥을 제일 좋아하고, 치즈를 두 장이나 넣어주는 김밥집을 최애로 꼽는 걸 보면, 아마도 영원히 체더 치즈를 사랑할 것 같다. 우리에겐 미국 슬라이스 치즈로 익숙하지만, 알고 보면 원산지는 영국. 영국산 체더 치즈를 먹으면 더 건강해질 것 같은 맛이 난다.

4. 체더

진짜 체더 치즈를 먹어보면, 왜 이 치즈가 전 세계적으로 가장 성공한 치즈가 되었는지 알 수 있다. 거부감을 줄 수 있는 치즈 특유의 꼬릿꼬릿함이 없고, 입에 넣으면 짭조름한 감칠맛이 순식간에 입안 전체로 퍼져나간다. 질감은 또 어떻고. 파르메산 치즈처럼 부스러지는 게 아니라 입안에 쫙쫙 달라붙는다. 혀를 쉽게 놓아주지 않겠다는 치즈의 단호한 의지가 돋보인다. 그리하여 다 먹는 순간 다음 조각을 얼른 집어넣어야겠다는 생각밖에 안 든다. 아무튼 유명한 애들은 직접 만나보면, 그럴 만한 이유가 있다니까.

5. 모차렐라

'치즈 사리 추가'라는 메뉴판의 해괴한 글귀까

지 이젠 모든 음식점에서 일상이 되었다. 어느덧 '치즈'라 말하면 가장 먼저 떠오르는 이미지가 슬라이스 치즈가 아니라 이 모차렐라 치즈 늘어나는 모습이다. 그리고 그 일상을 가장 잘 즐기는 사람은 바로 나다. 특히 볶음밥이든 떡볶이든 어떤 음식을 시키든 모차렐라 치즈를 입안에 가득 넣고 질겅질겅 씹는 걸 유난히 좋아하는 걸 보면, 나는 유난히 한식(?)을 좋아하는 것 같다.

6. 노르망탈

치즈 브랜드 일드프랑스(Ile de France)에서 새롭게 내놓은 치즈. 프랑스 노르망디식 에멘탈인 것 같다. 실제로 슬라이스된 치즈 중간중간에 에멘탈처럼 구멍이 나 있다. 심심할 때마다 냉장고 안에서 꺼내 먹게 되는 치즈. 에멘탈 치즈를 아주 대중화시켜놓은 치즈 같은데, 뭔가 도토리와 호두 같은 견과류 맛이 살짝 나면서 너무 짜지도 않고, 너무 가볍지도 무겁지도 않다. 그냥 먹어도 좋고, 빵 같은 데 올려서 먹어도 좋다. 그리고 나는 너무 먹어서, 안 좋다.

7. 그뤼에르

먹자마자 이게 뭐야, 라고 말했다. 부드럽고 쫄깃하고, 고소하고 깊은데, 또 금방 입에서 사라졌다. 알고 보니 스위스에서 에멘탈 치즈 다음으로 많이 생산되는 치즈였다. 중립국에서 만든 치즈라 그런가? 어느 진영에 있건 모두 쉽게 좋아할 수밖에 없는 치즈이다. 이것 역시 그냥 먹어도, 어디에 올려서 먹어도 다 잘 어울린다. 우리 집 냉장고에 늘 상주하는 치즈.

8. 테트 드 무안

테트 드 무안은 '수도사의 머리'라는 뜻을 가진 스위스 치즈이다. 반드시 전용 도구인 지롤(girolle)이 필요하다. 지롤을 둥근 치즈 덩어리 한가운데 꽂고, 빙빙 돌리면 칼 끝에서 치즈 꽃이 탄생한다. 종이처럼 얇게 저며진 치즈 꽃이라니! 맛이 없을 수가 없다. 파티를 열지 않을 수 없다. 술을 따지 않을 수 없다. 나에겐 이 책을 팔아서 테트 드 무안을 사고 치즈 파티를 여는 꿈이 있다. 그리고 미리 말해두건대, 그날 이 치즈는 내가 제일 많이 먹을 것이다.

9. 파르미지아노 레지아노

'파르메산 치즈'의 초고급 버전. 피자 위에 뿌려 먹는 가루인 파르메산 치즈를 생각하고 입에 넣었다가는 정말 깜짝 놀라게 될 것이다. 이건 완전히 차원이 다른 맛이니까. 입속에서 파사삭 바스러지는 그 질감에 먼저 반하고, 입에서 알갱이처럼 잡히는 젖산에 또 반하게 된다. 그리고 적당히 짭짤하고 적당히 고소하고 적당히 감칠맛이 돌고, 그 모든 맛이 합쳐져서 결국은 지나치게 맛있어지는데, 그래서 사람들은 파르미지아노 레지아노를 '치즈의 왕'이라고 부른다. 왕이 한번 입속에 왕림하시면, 혀는 모든 것을 내려놓고 받들어 모시는 수밖에. 지극히 개인적인 감상을 덧붙이자면, 파르미지아노 레지아노를 곁들여 먹을 때는 약간 세련되고 산뜻한 사람이 된 것 같은 기분마저 든다.

10. 숙성 고다

네덜란드라는 나라에 대한 개인적인 호감과는 별개로 네덜란드 치즈는 안 좋아한다고 생각했다. 고다 치즈도 에담 치즈도 내 입에는 좀 개성이 없었달까. 하지만 숙성 고다 치즈를 먹고는 마음이 바뀌었다. 입에 넣는 순간부터 자기 성격을 팍 드러내는 아이였다. 보통의 고다 치즈처럼 겉면의 왁스 코팅은 잘라내고 먹으면 된다. 고소한 맛이 세고 짠맛도 좀 있는 편이다. 역시 술안주로 좋다.

11. 치즈 팝 고다

고다 치즈를 뻥 튀겼다. 꼭 팝콘처럼 생겼다. 그리고 꼭 팝콘처럼 먹게 된다. 한 봉지에 들어 있는 용량이 적어서 어찌나 다행인지 모르겠다. 가볍고 텅 빈 느낌인데, 짭짤하니 고소하고 깔끔하게 입안에서 사라진다. 치즈를 아주 좋아하는 사람들에게 이보다 더 좋은 간식이 있을 수 없다. 그리고 또 한번 놀라게 된다. 세상에, 내가 고다 치즈를 좋아하게 되다니!

12. 콩테

프랑스와 스위스의 경계에 있는 쥐라산맥에서 만들어지는 치즈. 프랑스인들의 이 치즈 사랑은 정말로 대단하다. 그리고 이 치즈를 먹어보면, 프랑스 사람들의 입맛에 대해 무한한 신뢰를 보내게 될 것이다. 숙성된 콩테 치즈를 나는 특히 좋아하는데, 보통의 치즈들이 숙성을 거치면 꼬릿꼬릿한 맛을 내는 것과 달리, 콩테 치즈는 고소하고 쌉싸름하고 감칠맛이 대단해서 입에서 사라지기도 전에 다음 조각을 입에 집어넣고 있는 자신을 발견하게 된다. 한 덩어리의 무게가 수십 킬로그램에 달해서 소분되어 있는 걸 살 수밖에 없는데, 먹다 보면 온전한 한 덩어리도 혼자서 다 먹을 수 있을 것 같은 착각이 들기도 한다. 다만 진한 갈색의 껍질 부분은 먹지 않기를 권한다. 아무리 콩테 치즈를 사랑해도, 그 부분까지 사랑하긴 힘들다.

13. 에푸아스

정말 치즈를 사랑하고, 정말 강력한 치즈도 입에 잘 맞는 사람에게 권한다. 치즈계의 홍어라고 말하면 쉽게 이해가 될까? 숙성할 때 소금물로 겉면을 닦아주는 워시 타입 치즈답게 맛이 강하고 냄새는 더 강한 치즈이다. 겉은 주황색, 속은 노란색인데 겉면이 특히 강한 향과 맛을 자랑한다. 어떤 치즈든

다 사랑할 준비가 되어 있는 나는 맛있게 먹었는데, 남편은 조금 먹더니 도저히 못 먹겠다고 두 손 두 발 다 들었다. 그렇게 포기하는 줄 알았더니, 갑자기 인스턴트 찹스테이크를 데워 왔다. 그리고 그 위에 에푸아스의 노란 속살만 얹어서 먹는 게 아닌가! 센 맛과 센 맛이 만났더니 그렇게 조화롭고 감칠맛이 돌 수 없었다. 나로서는 에푸아스를 집에 채워놓아야 하는 이유 하나가 더 생긴 셈이다.

14. 랑그르

에푸아스처럼 세척된 워시 타입 치즈인데 이 치즈는 맛과 향이 에푸아스보다 많이 약하다. 맛있다는 이야기다. 윗면이 움푹하게 들어가 있고, 겉면은 할머니 손처럼 주름이 푹푹 패여 있다. 술과의 궁합이 특히 좋다는 평이 많다. 샴페인부터 향이 강한 IPA 맥주까지 모조리 궁합이 좋다. 특히 프랑스에서는 랑그르의 움푹한 부분에 술을 붓고 불을 붙여서 녹아내린 치즈를 먹는다고 한다. 다가오는 겨울에 나도 꼭 도전해보겠다.

15. 할루미

친구가 선물해줬다. 네가 좋아할 거라며. 동생
네 부부도 선물해줬다. 누나가 좋아할 거라며. 나도
여러분에게 권한다. 분명 좋아할 거라는 확신으로.
일명 '구워 먹는 치즈'인데, 하얀 치즈 덩어리 하나
를 프라이팬에 올리고 구우면… 바로 후회한다. 하
나를 올릴 일이 아니다. 여러 개를 올려도 늘 모자란
치즈다. 짭짤하고 쫄깃하고 따뜻하고, 잘 구운 겉면
은 고소하고. 맥주가 아주 그냥 쭉쭉 들어간다. 그래
서 늘 후회하는 치즈다. 어쩌자고 치즈를 또 이렇게
나 많이 먹었니. 어쩌자고 맥주를 또 이렇게나 많이
마셨니. 함부로 선물할 일이 아니다. 주의하시라.

16. 브리야 사바랭

당연한 소리긴 한데, 남편과 치즈를 먹을 때면
치즈에 감탄하는 역할은 필연적으로 내가 맡는다.
그럴 수밖에 없는 것이 나는 대부분의 치즈가 '너무'
맛있고, '너무' 감동적이고, '너무' 천재적이고, '너
무' 내 취향이기 때문이다. 그 모든 감탄에 대해 남
편은 늘 고개를 끄덕이는 역할만 해왔다. 하지만 이

치즈로 인해 전세는 역전되었다. 먹자마자 남편이 말했다. "이건 너무 맛있는데?" 한입 더 먹고 남편은 또 말했다. "어떻게 치즈가 이래?" 그의 치즈 스승으로서 나의 뿌듯함은 하늘을 찔렀다. 우유에 크림을 잔뜩 넣어 만든 이 하얗고 납작하고 동그란 치즈는 너무 비싸고, 너무 보드랍고, 너무 고소하고, 너무 티끌 없는 맛이며, 하지만 마지막엔 치즈 특유의 쿰쿰함을 살짝 내비친다. 알고 보니 '트리플 크림치즈의 여왕'이라는 별명도 가진 치즈다.

* * *

앞으로 이 리스트는 더 길어질 것이다. 나는 더 많은 치즈에 감탄하고, 더 다양한 맛에 굴복하고, 더 낯선 치즈를 욕심낼 것이다. 그 생각만으로도 이미 넉넉히 기쁘다. 당신에게도 나의 치즈처럼 당신 맘에 꼭 드는 세계가 하나쯤 있었으면 좋겠다. 자꾸 궁금하고, 늘 새롭게 매력적인 그런 세계를 만났으면 좋겠다.

005　치즈

치즈 맛이 나니까
치즈 맛이 난다고 했을 뿐인데

1판 1쇄 펴냄　2020년 9월 9일　　지은이　김민철
1판 5쇄 펴냄　2022년 10월 30일

편집　김지향 김수연 정예슬
교정교열　안강휘
디자인　박연미
자수 아트　고주연
미술　이미화 김낙훈 한나은 이민지
마케팅　정대용 허진호 김채훈 홍수현 이지원 이지혜 이호정
홍보　이시윤
저작권　남유선 김다정 송지영
제작　임지헌 김한수 임수아 권혁진
관리　박경희 김도희 김지현

펴낸이　박상준
펴낸곳　세미콜론
출판등록　1997. 3. 24. (제16-1444호)
06027 서울특별시 강남구 도산대로1길 62
대표전화　515-2000
팩시밀리　515-2007
편집부　517-4263　　　세미콜론은 민음사 출판그룹의
팩시밀리　515-2329　　　만화·예술·라이프스타일 브랜드입니다.
　　　　　　　　　　　　www.semicolon.co.kr

ISBN
979-11-90403-78-8 03810　　트위터　semicolon_books
　　　　　　　　　　　　　　인스타그램　semicolon.books
　　　　　　　　　　　　　　페이스북　SemicolonBooks
　　　　　　　　　　　　　　유튜브　세미콜론TV

(근간)

윤고은 염승숙	소설가의 마감식
정연주	바게트
정이현	table for two
서효인	직장인의 점심시간
노석미	절임 음식
안서영 이영하	돈가스
김현민	남이 해준 밥
임진아	팥
손기은	갑각류
신지민	와인
김겨울	떡볶이
쩡찌	과일